कोट के बाज़ू पर बटन

[कविता-संग्रह]

कोट के बाज़ू पर बटन

पवन करण

राधाकृष्ण प्रकाशन

ISBN : 978-81-8361-585-3

कोट के बाज़ू पर बटन

पहला संस्करण : 2013
पहली आवृत्ति : 2023
मूल्य : ₹395

प्रकाशक
राधाकृष्ण प्रकाशन प्राइवेट लिमिटेड
जी-17, जगतपुरी, दिल्ली-110 051

शाखाएँ : अशोक राजपथ, साइंस कॉलेज के सामने, पटना-800 006
पहली मंजिल, दरबारी बिल्डिंग, महात्मा गांधी मार्ग, प्रयागराज-211 001
1, अनमोल सोराबजी संतुक लेन, धोबी तलाव, मरीन लाइंस, मुम्बई-400 002
वेबसाइट : www.radhakrishnaprakashan.com
ई-मेल : info@radhakrishnaprakashan.com

मुद्रक
राजकमल प्रेस
नई दिल्ली-110 002

KOT KE BAZOO PAR BATAN
Poems by Pawan Karan

किशन मुद्गल
के लिए

अनुक्रम

कोट के बाज़ू पर बटन

नाच

दो-तीन दोस्तों की बारात में तो मैंने ख़ुद ही
उनके पिताओं को खींच लिया नाचने
थोड़ी-सी हिचक के बाद फिर वे
अपने बेटों की शादियों में देर तक नाचे हमारे साथ,
घोड़े पर दूल्हा बने बैठे बेटों ने
अपनी शादी में बीच बारात अपने पिताओं को
देखा नाचते हुए और उन्होंने बाद में हमसे कहा भी
यार बारात में पिता को नचवाकर तुमने ठीक किया

दूल्हा भले ही घोड़ी पर चलता हो बैठकर
और बारात भी बनती हो उसकी वजह से
मगर बारात तो बारातियों की ही होती है
और बारात में गर नाच न हो तो फिर काहे की बारात
जहाँ तक मुझे याद है मेरी बारात में मेरे पिता
मेरे और दोस्तों के पिताओं की तरह नहीं नाचे
मेरे दोस्तों में से किसी ने उन्हें
बारात में नाचने के लिए खींचा ही नहीं
घोड़ी पर बैठे मुझे भी नहीं लगा
कि मेरी शादी में नाचना चाहिए पिता को

वे बारात में कहाँ चल रहे थे
मुझे तो इतना भी याद नही

हो सकता है मेरी शादी में नाचने की हसरत
उनके दिल में रही हो
मेरी बारात में नाचते
रिश्तेदारों के साथ
वे भी नाचना चाहते हों
और वे बस इस वजह से रह गए हों नाचने से
कि उन्हें किसी ने खींचा ही नहीं नाचने

मैंने अपने पिता को कभी नाचते नहीं देखा
न किसी ब्याह में न जुलूस में और न कहीं किसी भजन पर
मैं तो यदि दोस्तों के पिताओं को इस तरह
उनकी बारातों में नाचता न देखता तो मेरे मन में
ये ख़याल आता ही नहीं कि मेरे पिता भी
नाचते हुए कैसे लगते होंगे, कैसा नाचते होंगे वे

हाँ मैंने अपनी माँ को ज़रूर नाचते देखा
दो-तीन बार एक बार तो वह ढोलक की थाप पर
बिरादरी की औरतों के बीच उनके और मेरे
बार-बार कहने पर थोड़ा सा नाची और बैठ गई
जब बारी-बारी से सब औरतें नाच रही थीं
तो मेरी माँ क्यों न नाचे मैं भी चाहता था
उन औरतों में मेरी माँ भी नाचे और मैं
उसे नाचते हुए देखूँ औरतों के साथ-साथ

उससे बार-बार मेरे नाचने को कहने पर उसने मुझे
एक बार घूरकर देखा भी मगर मैं नहीं माना
क्या पता वह उस रोज़ किसका मन रखने के लिए
नाची, अपना, मेरा या उन औरतों का

मगर मैंने देखा अपने हाथों को सिर के ऊपर
सिर से होते हुए पल्लू को मुँह में दाँत से दबाए
सिर और कमर को थोड़ा टेढ़ा कर वह
थोड़ा-सा नाचने में ही हाँफने लगी
शायद उन्हें थोड़ी-सी खाँसी भी उठी हो
जिसे वह उस पल दबा गई हो
वह बहुत बीमार रहती थी न

बीमार तो मैंने पिता को भी शुरू से ही देखा
मगर उन्हें नाचते हुए कभी नहीं देखा
जबकि मुझे तो जब भी अवसर मिला
दोस्तों के साथ मैंने नाच-नाचकर सबको ढेर कर दिया
आज भी किसी लोकप्रिय धुन पर
मेरे पैर थिरकने लगते हैं
अन्दर ही अन्दर मटकने लगता है मन
झूमने लगती हैं इच्छाएँ
क्या पिता भी कभी इस मामले में मेरे ही जैसे रहे होंगे
क्या वे भी किसी अवसर पर अपने दोस्तों के साथ
मेरी तरह नाचते होंगे पी-पाकर

मैंने कभी पूछा नहीं उनसे इस बारे में
मैंने कभी सुना भी नहीं उनके नाचने के बारे में
सोचता हूँ, यदि वे नाचते तो वैसा ही तो नाचते
जैसे अपने बेटों की बारात में नाचे दोस्तों के पिता
मेरे पिता भी उनसे कोई अलग थोड़े ही नाचते
मगर कई मामलों में मैं भी उन्हीं की तरह ज़िद्दी
उन्हें एक बार नाचते हुए ज़रूर देखना चाहता रहा।

पेशी से वापस लौटते क़ैदी

इतनी तेज़ बारिश तो नहीं हो रही इस वक़्त
फालतू ही रुक गये यहाँ, भीगते हुए ही घर पहुँच जाते
तो क्या बिगड़ जाता, कोई मिट्टी के तो नहीं बने हम
जो गल जाते, गलकर बह जाते पानी में
कम से कम अदालत में पेशी से वापस लौटते
इन क़ैदियों से तमाशा बनने से तो बच जाते

तुम साथ थीं वरना इन जालीदार बन्द लॉरियों में
जानवरों की तरह भरकर जेल वापस लौटते क़ैदियों में से
एक भी मेरी तरफ़ ध्यान नहीं देता
देखता भी नहीं मेरी तरफ़ नज़र उठाकर
तुम साथ थीं तभी तो उनके झुंड में से मेरे लिए
एक सामूहिक स्वर उठा—क्यों वे 'लड़कीबाज़'
तुमने दबाते हुए अपनी हँसी मुँह फेर लिया मेरी तरफ़
और मैं अपने सामने अचानक रुक गई
उस लॉरी में भरे क़ैदियों के अपनी खिल्ली उड़ाते चेहरे देखता रहा

जाली से बाहर झाँकने के लिए एक-दूसरे पर चढ़-बैठ रहे
इन क़ैदियों में सभी तरह के अपराधी होंगे
कोई हत्यारा होगा, कोई चोर तो कोई लुटेरा
किसी ने किया होगा कहीं कोई ग़बन
मामूली सा जेबकतरा भी होगा एक न एक उसमें ज़रूर

क्या इनमें कोई 'प्रेमी' भी होगा
जो सोच रहा होगा इस वक़्त भी अपनी प्रेमिका के बारे में
कम-से-कम उसे तो क़ैदियों को हम पर इस तरह
फब्तियाँ कसते देख ज़रूर बुरा लगा होगा
शायद वह उन्हें रोकना भी चाहता हो

इन क़ैदियों में कोई ऐसा भी होगा जिसने किया होगा
अपने ही बीवी-बच्चों को क़त्ल
सबसे पहले कुल्हाड़ी से काटी होगी गहरी नींद में सोती पत्नी की गरदन
एक-एक कर फिर तीनों बच्चों को सुला दिया होगा
हमेशा के लिए, फिर लगा ली होगी ख़ुद को फाँसी
लेकिन मार नहीं पाया होगा ख़ुद को
सोचता हूँ अब क्या सोचता होगा वह ख़ुद के बारे में
क्या पत्नी के हाथों में खनखनाती चूड़ियों की आवाज़ और
बच्चों की किलकारियाँ अब भी गूँजती होंगी उसके कानों में

क्या इन क़ैदियों में कोई जेब कतरा भी होगा ऐसा
जिसने मोटर स्टेंड पर किसी ऐसे आदमी की
काटी होगी जेब जो बूढ़ी माँ की ख़बर मिलने पर
शहर से कर्ज लेकर गाँव जा रहा होगा भागा-भागा
जेब कट जाने पर जो बैठा रह गया होगा वहीं
बसों को आता-जाता देखता
ड्यूटी पर खड़ी पुलिस ने भी बेरुखी के साथ
थाने में रपट लिखाने कह दिया होगा जिससे

इन क़ैदियों में क्या ऐसे पिता भाई और
चाचा भी शामिल होंगे जिन्होंने, पंचायत का फ़ैसला
मानते हुए अपनी ही लड़की को
प्रेमी के साथ उसको लटका दिया होगा पेड़ पर

प्रेम करने के बदले दे दी होगी उसे फाँसी
क्या अब यहाँ जेल में वह मासूम सी लड़की और
उसका प्रेमी उनके सपनों में आता होगा,
और क़ैदियों के बीच वे किसी तरह करते होंगे
अपनी वीरता का बखान

लॉरियों में भरकर पेशी से कारागार वापस लौटते
इन क़ैदियों में एक चेहरा मेरा भी हो सकता है कभी
फिर क्या जो इस वक़्त मेरे साथ
बारिश से बचने खड़ी है यहाँ इस छज्जे के नीचे
जो मेरे साथ चाहती है जीना और मरना
जो मेरे साथ देखना चाहती है दुनिया
जो मेरे साथ पढ़ना चाहती है सब
जो मेरे साथ लिखना चाहती है कविता
क्या वह मुझसे मिलने जब-तब आया करेगी
जब-जब जेल से लाया जाएगा मुझे अदालत पेशी पर
क्या वह मुझे लॉरी में जेल जाते देख बहाया करेगी आँसू
आया करेगी जेल के दरवाज़े तक पीछा करते हुए मेरा

क्या वह जिससे मैं अक्सर कहता हूँ
तुम मुझे अपने मन के दरवाज़े पर कुत्ते की तरह
बँधा रहने देना, भगाना मत कभी
मैं वहाँ बँधे-बँधे भौंकता रहूँगा
करता रहूँगा तुम्हारी रक्षा सुनता रहूँगा तुम्हारी,
कुत्ते की तरह नहीं वफ़ादार प्रेमी की तरह मरूँगा फिर एक दिन
क्या वह कभी-कभी बनाकर अपने हाथों खाना
टिफ़िन भरकर लाया करेगी मेरे लिए जेल में?

गाय हमारी माता है

गाय हमारी माता है, स्लेट बत्ती के दिनों से चलता आया
यह वाक्य आज भी हमारे साथ है, मगर इन दिनों
गाय कुछ ज़्यादा ही हमारी माता हुई जा रही है
खासकर उन हिस्सों में जहाँ हर फाइल पर दस्तखत
और हर आदेश के जारी होने से पहले दफ़्तर के बाहर
एक खाई-पीई गाय की पूजा की जा रही है और गाय के साथ
तीन घंटे पहले से दरवाज़े पर गाय के गले में बँधी रस्सी पकड़े खड़े
उसके मालिक को एक सौ एक रुपए और
आश्वासन देकर किया जा रहा है विदा

गाय कुछ दिन पहले लाल किले से साबरमती तक पूरे नक़्शे में
रुक-रुककर गर्व से रँभाती और अपने गोबर
और मूत्र के छींटे कोने-कोने में छिटकाती हमारी माता थी
लेकिन वह हमारी माता होने के बाद भी अपने उन बेटों को
सिमटने से नहीं बचा सकी जो उसकी पूँछ के सहारे
सदा के लिए वैतरणी कर जाना चाहते हैं पार

गाय हमारी माता थी तो आज़ादी को समेटने में व्यस्त
अपने लिए चिह्न चुनते उसके उन अनुयायियों ने भी
इस बात पर आपत्ति नहीं ली कि गाय की जगह
अपने बापू की बकरी क्यों नहीं, उलटे गाय के साथ
उन्होंने दूध पीते बछड़े को भी संग बाँध लिया

जब तक गाय उनके यहाँ बँधी रही उन्होंने भी बड़े मज़े मारे
मज़बूरी रही कि उन्हें अपने पंजे से गाय मुक्त करनी पड़ी
लेकिन एक रोज़ जब हम सब सोकर उठे तो हमने देखा
हमारी गाय माता एक रथ में जुती है और रथ पर
अब तक माता का दूध पीने की सोच-सोचकर बड़ा हुआ बछड़ा सवार है,
और रथ की तरह दिखाई देता वह रथ भी
कोई मामूली रथ नहीं, नक़्शा है एक मन्दिर का

गाय हमारी माता है यह वाक्य देखते-देखते
किताबों से निकलकर नारों में होने लगा तब्दील
ये ठीक वही दिन थे जिन दिनों हमारे घरों में
गाय के लिए बनने वाली पहली रोटी बन्द हो रही थी
गौशालाओं से लगातार खदेड़ा जा रहा था उन्हें
और तो और अब तक धरती में मज़बूती से गड़े
उनके खूँटे तक उखाड़कर जलाए जा रहे थे चूल्हों में

ठिकानों के रूप में सड़कें, घूरे और बूचड़खाने ही
बच रहे थे हमारी गाय माताओं के लिए
गाय हमारी माता है माता है माता है माता है
जब रास्तों में यह नारा लगाते हुए आगे बढ़ती भीड़
गाएँ ख़ुद डरकर इधर-उधर छुप जातीं

गाय हमारी माता है इस वजह से कर्फ़्यू के दिनों में
उसे कोई नहीं भगाता ख़ाली पड़ी सड़कों से वह भी
गश्त करती सेना के साथ सड़कों पर आराम से विचरती
वह काम की तलाश में घरों से बाहर निकल पड़ते
ख़ाली पेटों को डंडों से पिटते देखती, भीड़ जब अपने सिरों पर
नुकीले सींग उगाए एक दुकान को आग लगा रही होती
वह दूसरी बन्द दुकान के नीचे खड़ी होने चल देती

इस बीच उसने कई सिर अपनी आँखों के आगे कलम होकर
लालबत्ती लगी पुलिस की जीप तक लुढ़कते देखे
बलात्कार और उसके बाद क़त्ल होती स्त्रियों की चीख़ों को
उसने अपने शरीर में सिहरन बनकर दौड़ता किया महसूस
सड़कों पर जगह-जगह बहते ख़ून में
अपना चेहरा देखते हुए बढ़ना पड़ा उसे आगे

गाय हमारी माता है और उसके अपनी माता होने से
हम इतने भाव-विभोर रहे हैं कि वह रँभाती तो भूख से है
लेकिन हमें लगता है वह हमें आशीर्वाद दे रही है
हमारी माता को पानी और चारे की भी ज़रूरत है
हमें लगता ही नहीं कभी, हमें लगता है घूरे पर मुँह मारती
हमारी माता प्रेमचन्द की बूढ़ी काकी की तरह
जूठन चाट-चाटकर ख़ुश है और तो और वह इतनी समझदार है
कि उसने हमारे द्वारा खा-खाकर फेंके जा रहे ख़ाली डिब्बों और
पोलिथिन को भी फलों और सब्ज़ियों के छिलकों की जगह
ख़ुशी-ख़ुशी अपना भोजना बना लिया है और उसे पचाने की प्रक्रिया में
हमारे लिए वह अपनी जान देने से भी नहीं हिचकिचा रही है

गाय हमारी माता है मगर इन दिनों हमारी माता की परम भक्तिन पार्टी भी
मन्दिर के साथ-साथ हमारी माता से इस क़दर खफ़ा है
कि हार से चिन्तित चिन्तन ने उसे भी सुबह-शाम दूध दुहकर
यह सोचते हुए आख़िर जाएगी कहाँ, दिन भर के लिए घर से बाहर
निकाल देने वाले सुसंस्कृत घर की तरह निकाल दिया है बाहर।

वह अब मुझसे भी डरने लगी है

माँ का दुख उससे देखा नहीं जाता
माँ ने उससे अब तक कुछ कहा नहीं
मगर वह माँ का दुख पहचान गई है
जब से उसने माँ की व्यथा को जाना है
वह मुझसे भी डरने लगी है मैं उसका पिता हूँ

मैं अब उसके लिए पिता नहीं रहा
मुझमें अब उसे एक पुरुष नज़र आने लगा है
उसे मेरे चेहरे में अब उस औरत का चेहरा
दिखाई देने लगा है जिसे लेकर इन दिनों
उसकी माँ की साँस गले में अटकी है
जिसके प्रेम में मैं इन दिनों बेहताशा डूबा हूँ

अपनी आदत के मुताबिक घर में घुसते ही
मैं उससे पूछता हूँ मेरी बिटिया कैसी है
ठीक वह धीमे से बस इतना ज़्यादा न कम
जवाब देकर अपनी नज़रें झुका लेती है
कभी-कभी तो इतना भी नहीं और मैं खीजकर रह जाता हूँ
अब मैं इसे कैसे समझाऊँ बड़बड़ाता हूँ कभी तो मैं
यह सोचकर बुरी तरह सहम जाता हूँ
आख़िर वह मुझसे किस हद तक डरने लगी है
मुझे लगता है शायद इन दिनों मैं उसे

उन आवारा लड़कों में से कोई एक नज़र आने लगा हूँ
जो उसे चलते रास्तों पर ही खा जाना चाहते हैं
और उनकी बातें तो उसे नोच ही डालती हैं
क्या वाकई में इन दिनों मैं उन लड़कों जैसी हालत मैं हूँ
जो उसका कहीं भी नहीं छोड़ते पीछा, क्या सचमुच
उसकी नज़रों में उनमें और मुझमें कोई अन्तर नहीं?

घर से बाहर कॉलेज से लौटते समय उसने
मुझे एक-दो बार उससे बात करते देख भी लिया है
सोचता हूँ कहीं उसे ऐसा तो नहीं लगता मैंने उसकी
उम्र की सहेली जैसी किसी लड़की को फाँस लिया है
कहीं वह घर पर उससे पढ़ाई के सिलसिले या यूँ ही
मिलने चली आने और उसके साथ घर में बेफिक्र
दिन-दिन भर बिता देने वाली अपनी सहेलियों को लेकर
चिन्तित तो नहीं है कि जो डर उसे
भाई से होना चाहिए था कहीं वह मुझसे तो नहीं
यह सच है कि मेरी वजह से अपने छोटे भाई में भी उसे
भाई की जगह अब एक पुरुष नज़र आने लगा है

अक्सर अपनी वजह से उसकी माँ के चेहरे का तनाव
मुझे उसके चेहरे पर छाया दिखाई देता है
उस वक़्त मुझे उसकी और उसकी माँ का चेहरा
एक सा नज़र आता है
मुझे लगता है इस प्रेम की वजह से जो मुझे न मिलता
तो शायद मैं कभी पूरा न हो पाता
कभी अपना होना न जान पाता
कभी ख़ुद को न समझ पाता
मैंने अपनी बेटी की नज़रों में अपना पिता होना खो दिया है

और उस वक़्त तो ख़ुद को लेकर
बेटी के भीतर पैदा हुआ भय
मुझे सच्चा लगने लगता है
जब वह जिसके प्रेम में इन दिनों
खोया हूँ मैं अगाध, अपनी तुलना
मेरी युवा बेटी से करते हुए
मुझसे पूछती है, बताओ दोनों में से
तुम किसे ज़्यादा प्यार करते हो
अपनी बेटी को या मुझे।

स्वप्न

मैं एक ऐसा स्वप्न हूँ
जिसे हाशिये के नीचे धकेल दिया गया है

हाशिये के नीचे बहुत अँधेरा रहता है
इतना कि वहाँ बहुत देर तक पड़े रहने के बाद
ख़ुद का ख़ुद सूझना शुरू होता है
वहाँ ठंड और भूख बहुत लगती है

हाशिये के नीचे के अँधेरे में
जहाँ मैं ज़मीन को बमुश्किल टटोल पाता हूँ
चिथड़े जूठन सिगरेट के ठूँठ
और बुझने के लिए तीलियाँ फेंकी जाती हैं

लगातार सड़ते जाते हुए भी
मैं कभी मरता नहीं हमेशा
हाशिये को ही हथियार बनाने की
कोशिश में जुटा रहता हूँ।

भूलना

किसी के लिए कितना आसान होता है भूलना
किसी के लिए कितना कठिन
तब जब कोई कहता है

हमने भी कुछ तोड़ा है भूल जाओ
भूल जाओ कि हमने भी किये हैं संहार
हमने भी बलात्कार किये हैं भूल जाओ

बस यह मत भूलो कि हमने
अब तक बहुत सहा है
बहुत नष्ट किया है हमें अब तक
बहुत किया गया है हमें दूषित

भूल जाओ कि अब तो हमारे भी चेहरे
विध्वंसकारियों जैसे हैं भूल जाओ कि
हमने भी कोई अवसर नहीं चूका है
भूल जाओ कि अब हम भी कुछ अलग नहीं बचे हैं

छाती पर शूल की त्रयी गढ़ाकर
कहा जा रहा है—तुम भूलते हो या...।

पिटाई

पिटना तो मैं बचपन में भी नहीं चाहता था
मगर बुरी तरह पिटता था
इतनी बुरी तरह कि उससे पैदा तब का भय
और उससे बचने की कोशिशें
मेरे भीतर आज भी सुरक्षित हैं

माँ के हाथों पिटना मुझे कभी खला नहीं
जबकि मुझे याद है मेरी माँ ने भी मुझे ख़ूब पीटा
मगर माँ के हाथों तब का पिटना
मुझे अब पिटने की तरह लगता भी नहीं
लेकिन जब मैं किसी माँ को
अपने बच्चे को पीटते और पिटते हुए बच्चे को
पिटते जाने के बावजूद माँ की गोद में ही घुसते
देखता हूँ सोचता हूँ, इसी तरह मेरी माँ भी कभी
मुझे मारती होगी और फिर पोंछते हुए मेरे आँसू
वह मुझे भी अपने आँचल में छुपा लेती होगी

जब से बड़ा हुआ हूँ मैं पिटा नहीं
माँ रही नहीं और कभी बात-बात पर
किसी भी समय और कितनी भी
निर्दयता से,
मारने दौड़ते पिता अब कभी मारने की बात तक नहीं करते

मुझे तो लगता है मेरे ग़ुस्से और क़द-काठी से
अब वे डरने लगे हैं, वे मुझसे किसी विषय पर
अब ज़्यादा जोर भी नहीं करते, जबकि उनकी पिटाई का
नीला रंग मेरी बचपन की पीठ पर
अक्सर उभर आता है, कई दफ़े सोचता हूँ
क्या पिटाई, पिता, शरारत और बचपन
इनमें आपस में कोई रिश्ता होता है गहरा

मगर मास्साब के हाथों एक बार का पिटना
तो मैं जीवन में नहीं भूल सकता कभी
मुझे हँसी बहुत आती, भरी कक्षा में एक बार
वो ऐसी आई कि नाम ही न ले बन्द होने का
मास्साब मुझे पीटते रहे और मैं हँसता रहा
सारी कक्षा यह नज़ारा देखती रही

वे बहुत अच्छे शिक्षक थे, जो अब नहीं रहे
उनके बेटा नहीं था कोई तीन बेटियाँ थीं बस
जिनमें से एक बेटी को वे पेंट-बुशर्ट पहनाकर
बेटे की तरह रखते, सब कहते
बेटा न होने का दुख उन्हें सालता रहता है
हो सकता है वे उस रोज़ मुझे अपना बेटा समझकर
पीट रहे हों, उनकी सीधी-सादी पत्नी को
जब भी मैं बाज़ार में कुछ ख़रीदारी करते देखता हूँ
मास्साब के आदर से अपना सिर झुका लेता हूँ

एक बार एक परिवार ने अपनी लड़की के पीछे
एक तरफ़ा पड़ जाने की वजह से मुझे जमकर पीटा
तब मुझे बहुत बुरा लगा मगर अब लगता है
उन्होंने ठीक ही किया, स्कूल में सहपाठियों से मैं पिटा

तो मैंने उन्हें पीटा भी, मोहल्ले में भी लड़कों ने
मुझे पीटा धोखे से, वे जिन्होंने मुझे पीटा
उनमें से कई को तो मैं आज तक
बदले में नहीं पीट सका वे तब भी
दो तीन भाई और ताक़तवर थे और आज भी हैं
उन्हें देखकर मैं आज भी यह सोचकर रह जाता हूँ
मन मसोसकर कभी बेवजह इन्होंने पीटा था मुझे
और मैं आज तक इनका कुछ नहीं कर पाया हूँ

बचपन की तरह पिटना मैं अब भी नहीं चाहता
मगर नमक और शक्कर के स्वाद की तरह
पिटाई का स्वाद बरसों बाद भी
चढ़ा हुआ है मेरी थरथराती देह पर
सहमते हुए सोचता हूँ
कोई अब मुझे पीटे तो क्या उसका स्वाद
बचपन की पिटाई जैसा ही होगा?

क्या मैं तुम्हें बदला हुआ सा नहीं लगा

पहले जब तुम जाया करती थीं मुझसे दूर
कितनी बेसब्री से तुम्हारे फ़ोन का इन्तज़ार
किया करता था मैं वहाँ से जल्दी-जल्दी फ़ोन
के लिए किया करता था तुमसे इसरार
कि तुम कैसी हो इतने दिन बाद फ़ोन करती हो
क्या तुम्हें मुझसे बात करने की बेचैनी नहीं होती
उधर से लड़ियाते हुए तुम कहतीं कर तो रही हूँ
फ़ोन करने घर से दूर आना पड़ता है
ब्याह को दस साल हो गये मेरे, इस बीच दो बार
माँ भी बन चुकी मगर मेरी माँ है कि मुझे
अब भी बाज़ार तक अकेले नहीं आने देती
वे बिलकुल नहीं बदलीं जहाँ तक कि पिता भी
और बाज़ार है कि कितना बदल गया

तुम्हारे जाने के सात-आठ रोज़ बाद ही
मैं तुम्हारे आने के दिन गिनने लगता
एक साल में पूरा एक माह मेरे लिए बहुत होता
और जब तुम लौटकर आतीं मैं तुम्हें 'खा' जाता
मेरी व्यग्रता देख तुम मन ही मन मदमाती हुईं
कहतीं इसीलिए इतनी भड़भड़ी हो रही थी जनाब को
जबकि हमें तो कोई फ़र्क़ नहीं पड़ता
हम तो मज़े में रहे इतने दिन तुमसे दूर

और तुम हो कि यहाँ हमारे बिना पूछो मत

मैं उससे कहता ज़्यादा दिन मुझसे दूर मत रहा करो
वरना मैं कोई दूसरी ढूँढ़ लूँगा, समझे, तो वह अपना
मुँह मेंठते हुए कहती ढूँढ़ लो मुझे कोई फ़र्क़ नहीं पड़ेगा
और अच्छा है मुझे तुमसे राहत मिलेगी
और उस बार ऐसा ही हुआ सचमुच
उस बार तुम गईं तो मेरे भीतर तुम्हारे लिए वह
बेचैनी ही नहीं बची जो तुम्हारे जाने के बाद
तुम्हारे लौटने को लेकर हो जाती थी शुरू

तुम्हारा फ़ोन नहीं आया तो मैंने उस बार वहाँ से
जल्दी-जल्दी फ़ोन करने के लिए ज़्यादा ज़िद नहीं की तुमसे
दरअसल उस बार तुम्हारे लौटने की प्रतीक्षा
ही नहीं बची थी ज़रा भी, उस बार तुम लौटीं तो
मैं मौक़ा पाते ही झपटा भी नहीं तुम पर
कि तुम हर बार की तरह कहतीं रात तक तो रुक जाओ
घर छोटा है कोई देखेगा तो क्या कहेगा

उस बार तुम आईं तो उस रोज़ की वह रात पहली रात थी
जिसमें मैं ख़ाली था और तुम भरीं
जबकि उससे पहले मैं और तुम दोनों
मैं व्यग्रता और तुम सब्र से भरे होते
मैं बदल चुका था, मेरी दुनिया बदल चुकी थी
उस बार मेरी दुनिया से बाहर जा चुकी थीं तुम
मेरे वे हाथ जो तुम्हें अपनी छुअन से
उड़ाये-उड़ाये फिरते थे वे अपना जादू
और किसी के 'परों' में भर चुके थे

वे होंठ जो तुम्हें 'रस' से हर बार इसीलिए

ख़ाली कर देते जिससे कि तुम ख़ुद को दुबारा भर लो
आगे के लिए वे अपनी थरथर
किसी और की कँपकँप में घोल चुके थे
उस मेले में जिसमें खोकर कोई एक
कभी वापस नहीं मिलता तुम्हारे हाथों से छूटकर
खो चुका था, छोड़ चुका था मैं
अब तक कसकर पकड़े रहा तुम्हारी उँगली

उस बार तो मेरे पास तुम्हारे लिए कुछ था ही नहीं
उस बार क्या तुम्हें मैं बदला सा नहीं लगा।

छोटा भाई

पत्नी और बच्चों के साथ-साथ घर छोड़ते समय उसने
छोटे भाई को भी ले लिया साथ

जिस हाल में सब रहेंगे रह लेगा यह भी
जो वे खाएँगे ये भी खा लेगा मिल-बाँटकर
वैसे भी यहाँ कौन सी अच्छी हालत है उसकी
घर में जगह और रोटी की कमी से
उसे भी वैसे ही जूझना पड़ता है जैसे उसे

छोटे भाई के लक्षण भी छोटे भाई जैसे ही थे
चुपचाप रहना बड़े के आगे सिर झुका लेना
चुपचाप काम में लग जाना
और सो जाना एक कोने में चादर बिछाकर
इसलिए भी उसे लगा कम-से-कम इस दलदल से
इसे भी निकालता चलूँ तो अच्छा
इस संघर्ष में कुछ चमक तो आएगी
समय का सूखता चेहरा कुछ तो बदलेगा

बहुत तो नहीं लेकिन नये शहर में कुछ तो बदलाव आया
उस बदलाव में ख़ुद को खपाने लगे वह
बड़े के साथ-साथ छोटे-छोटे भाई ने भी ढूँढ़ लिया काम
रोटी भी मिलने लगी समय पर भरपेट

और सोने के लिए अलग जगह और ओढ़ने को रजाई
भाभी चिल्लाती रहती और वह बड़े के कपड़े पहनकर
बाहर घूमने निकल जाता, क़द-काठी मिलती-जुलती थी दोनों की
जैसी कि दोनों की मसखरी हँसी

वह बच्चों के गालों पर जमा देता जोरों का चाँटा
और भाभी से कहता क्या मेरा कोई हक नहीं इन पर
मैं भी आपके लिए आपके बच्चे जैसा ही हूँ
उसे संडास में देर लगती और उस वक़्त भाभी का उससे
जल्दी बाहर निकलने को कहना अच्छा नहीं लगता
उसे लगता भाभी उसकी थाली में सब्ज़ी कम परोस रही है
और बड़े भैया सब देखते हुए भी भाभी से नहीं कह रहे हैं कुछ
या भाभी को उसकी चड्डी-बनियान धोने से
परहेज क्यों है बाक़ी सब भी तो नहाने के बाद
अपने कपड़े धुलने के लिए छोड़ जाते हैं

हालाँकि भाभी कभी कुछ नहीं कहती उससे
लेकिन उसे भाभी का मुँह हरदम फूला ही नज़र आता
बड़े भैया भले ही उसे बुख़ार आते ही दिलवा लाते दवा
मगर भैया के काम पर जाने से पहले
कह जाने के बाद भी भाभी कभी उसका सिर नहीं दबाती
और तो और उसे ये भी लगता भाभी को
उसका बीमार होना ही नहीं दूध के साथ
दिन में तीन बार दवाई खाना भी अखर रहा है
बड़े जब कहते अब इसका ब्याह होने वाला है

एक बड़ा घर किराये पर ले लेते हैं
आख़िर एक कमरा तो इसे लगेगा ही

ये अकेला तो घर में कहीं भी पड़ा रहता है
अब तो ऐसा नहीं चल सकता बहू आ रही है
यह सुनकर भाभी और वह चुप बने रहते

ब्याह नये शहर में ही हुआ तो घर से भी सब लोग
शामिल हुए आकर, छोटे भाई का ब्याह करते हुए
ख़ुशी से फूली नहीं समा रही थी बड़े की छाती
सब ख़ुश थे बड़ा हो तो ऐसा और तो और
माँ को भी मात कर दिया भाभी ने, लोग कहते रहे
छोटे भाई के लिए क्या लड़की देखी है, दान दहेज भी कम नहीं
कोई बाराती ऐसा नहीं जिसने न कहा हो ऐसा ही कुछ न कुछ

दुलहन की विदा की घड़ी भी आ पहुँची
पिता की तरह बड़े ने ही दिया लड़की के पिता को आश्वासन
और खोइया से थकी भाभी जिसे सब इन दिनों माँ से बढ़कर
बता रहे थे, देवरानी के घर आने की हौंस-फूल में थी

मगर यह क्या सब रह गये अवाक्, अचानक दूल्हा बने
छोटे ने वहीं कर दिया ऐलान
कहा, दुलहन बड़े के घर नहीं जाएगी
हत्प्रभ, उदास और रुआँसे बड़े ने पूछा
छोटे, तो कहाँ जाएगी बहू
बहू अपने घर नहीं जाएगी तो कहाँ जाएगी
भाई के साथ-साथ सबने जानना चाहा

सब समझाते ही रह गए छोटे को, किसी की एक न मानी उसने
फिर बड़े के आँसुओं को रौंदते हुए दुलहन की डोली

उस घर में पहुँची जो छोटे ने ले लिया था पहले से
जिसकी कानोंकान किसी को नहीं थी ख़बर
बिना बहू और छोटे भाई के बड़ा ख़ाली हाथ रिश्तेदारों के साथ
किस तरह लौटा घर नहीं बता सकता मैं आपको।

मेजर सरोजा कुमारी

अब तो ख़बरें सीधे-सीधे दिखाई जाती हैं
एक समय था जब वे आती थीं
और उन्हें कान लगाकर सुना जाता था
जैसे ही यह ख़बर बताई गई
तुमने जीत लिया सोना, भीतर सुलगता
यकायक ईर्ष्या में धधक उठा वह

तुमसे दूर अपनी शिराओं में
तुम्हारी उपस्थिति महसूस करते हुए
जुट गया वह करने उत्पात
और इस सफलता पर तुम्हारी नाचने की जगह ख़ुशी में
उतर आया वह नष्ट करने पर स्मृतियाँ

क्या तुम मैत्रेयी पुष्पा को जानती हो सरोजा कुमारी
हाँ, बड़ी लेखिका हैं वे, और उनका भी रास्ता
'बेतवा बहती रही' से त्रियाहठ तक पहुँचता है
और हाँ गोमा तो हरदम उनके भीतर
हँसती और उनके चेहरे पर दमकती है

पता है उन्होंने क्या किया
उन्होंने सबसे पहले अपने पैरों से बिछिये उतारे
और फिर गले से उतारा मंगलसूत्र

और सबसे कहा यही तो बन्धन है
नख से शिख तक स्त्री को बाँधे
दिल्ली जाओ तो उनसे ज़रूर मिलना

सरोजा कुमारी, तुम्हारी बातों से लगता है
तुम मंगलसूत्र और गोल्डमैडल
एक साथ पहने रहना चाहती हो
और गोल्डमैडल है कि वह बार-बार
मंगलसूत्र को ढक लेता है
और बस यही उसे नहीं होता सहन

सरोजा कुमारी तुम्हें नहीं पता गोल्डमैडल
तुम्हारे गले में कितना फब्ता है
तुम्हारे गले में झूलते हुए उसे सब देखना चाहते हैं
क्योंकि तुमने गोल्डमैडल को ख़ुद जीता है
और मंगलसूत्र है कि उसे तुम्हें पहनाया गया है

बहुत सी सरोजा कुमारियाँ हैं देश में
जो नहीं जानतीं पिस्टल क्या होती है
लक्ष्य क्या होता है वे सबकी सब
कविताओं में सुबकती रहती हैं
दुनिया भर की कविताएँ
उनकी सिसकियाँ सुनते हुए बड़ी हुई हैं

मैं तुमसे कहता हूँ मेलबर्न से लौटो
तो तुम्हारा निशाना अब वह सवर्ण छाती हो
जो कहलाती है पुरुष तुम ऐसा कर सकती हो
तुम्हें निशाना भी आता है साधना
तुम्हारे हाथों में पिस्टल भी है
और गले में झूलता हुआ गोल्डमैडल।

पुराना मकान

एक रोज़ सूखी आँखों से छोड़कर उसे हम
चले आये यहाँ इस नये घर में
ठीक उस तरह जैसे बूढ़े माँ-बाप को एक रोज़
गाँव में छोड़कर अकेला चले आये हम
और बस गये यहाँ शहर में

हम छोड़कर चले आये उसे क्योंकि हमें रहते हुए उसके भीतर
लगता रहा हमेशा गुजर लायक नहीं यह हमारे
कि हम पसरकर चाहते हैं इसके भीतर सोना
और हमारे पैर हैं कि दिखाई देते हैं इससे बाहर
जबकि उसने हमें अपने भीतर ठीक उसी तरह रखा
जैसे अपने आपको अपने भीतर रखना चाहते हैं हम

कि इसमें कहीं कोई खिड़की नहीं, रौशनदान है भी
तो इतना कमज़ोर कि भीतर ठीक से हवा भेज ही नहीं पाता
बाहर दुनिया है कि उसमें कितनी तेज़ हवा चल रही है
और धूप को तो इसके दरवाज़े भीतर धकेल ही नहीं पाते
जबकि संसार की रातें तक रोशनी से लबालब हैं

हम उसके भीतर रहते हुए उससे झगड़ते ही रहते
एक तुम्हीं हो जिसने रोक रखा है हमें
कि तुम बेड़ियों की तरह हो उड़ने को बेताब हमारे पैरों में

सुनकर वह विवश झुका लेता अपना सिर
फिर ऐसा भी हुआ कि उसका सिर उठा ही नहीं
हमारे सामने अपने अन्तिम दिनों में उसके भीतर
हम इतने निर्लज्ज रहे इतने क्रूर कि उसके रूठने पर
हमने उसे मनाना तक छोड़ दिया
हमारा उसे छोड़कर जाना तय ही था इस वजह से
उसका चेहरा भी दिखाई देने लगा बीमार और पीला

हम जब उसे छोड़कर चले तमाम कोशिश के बाद भी
एक टोंटी बन्द ही नहीं हुई पुरानी
बूँद-बूँद टपकता ही रहा उससे पानी
हमें लगा जब हम घर से बाहर निकल रहे थे
उससे ज़ोर-ज़ोर से बूँदें टपक रही थीं शायद वह आँसू थे उसके
जो नाम ही नहीं ले रहे थे रुकने का

एक खिड़की ख़ूब ठोकने के बाद भी ठीक से नहीं हुई बन्द
शायद वह आँख थी उसकी जिससे वह देख रहा था
उसे सदा के लिए छोड़कर जाती हमारी पीठों को
और पहली बार घर के दरवाज़े को लगाते समय
हमें नज़र आई उसमें संध जिसे शायद उसने अपनी रुलाई
फूटने देने के लिए अपने मुँह की तरह खोल रखा था

हम नये घर में पहुँचने की इतनी जल्दी में थे
कि जिस घर में गुजारा हमने इतना लम्बा और कठिन जीवन
उससे बाहर निकलते हुए उसकी दीवारों को
हमने चूमा तक नहीं, उसकी छतों की तरफ़
देखा तक नहीं उदास आँखों से, लौटकर उससे मिलते रहने,
उसकी पूछ-परख करते रहने का विश्वास जताते हुए
उसके दरवाज़ों को थपथपाया तक नहीं अपनी हथेलियों से

मन ही मन बुदबुदाए तक नहीं उससे कि तुम्हें
छोड़कर नहीं जा रहे हम, हम चाहते हैं कुछ रोज़
आराम से भी रहो तुम बहुत सताया है हमने तुम्हें
मचाई है तुम्हारे भीतर जमकर धमाचौकड़ी
लड़ी हैं आपस में लम्बी लड़ाइयाँ, किये हैं अबोले
बाँटे हैं सुख-दुख और ग़ुस्से में तुम्हें भी
कहा है बहुत कुछ बुरा-भला

हमें भले ही यहाँ लग रहा हो ख़ूब अच्छा
मगर यहाँ नये घर में आकर उदास रहने लगे हैं पिता
पुराने मकान की ही तरह बुझा और ख़ाली
दिखाई देने लगा है उनका चेहरा
जबकि इस नये मकान के दरवाज़े पर बड़े-बड़े अक्षरों में
ख़ुदा हुआ है उनका नाम वे अक्सर बुदबुदाने लगते हैं
बड़बड़ाते हुए उठ बैठते हैं नींद में
हम सबके बीच वे अक्सर छेड़ देते हैं
पुराने मकान का ज़िक्र

कहते हैं, तुम तो सबके-सब लापरवाह हो
ज़रूर यहाँ आते समय तुमसे खुली छूट गई होगी
कोई खिड़की, हमेशा की तरह तुमसे
दरवाज़ा नहीं हो पाया होगा ठीक से बन्द
अच्छा मैं आता हूँ वहाँ होकर यह कहकर वे
उठते हैं और पुराने मकान की तरफ़ चल देते हैं।

दाढ़ी

स्कूल की आख़िरी या कॉलेज की पहली साल में
मैंने पहली बार दाढ़ी कब बनाई
मुझे यह बिलकुल याद नहीं
अब लगता है अपने जन्मदिन, ब्याह
और नौकरी में ज्वाइनिंग के दिन की तरह मुझे
पहली बार दाढ़ी बनाने का दिन भी
रखना चाहिए था याद, यह याद होता
तो हमेशा कितना रोमांचक होता
काश, मैंने इसे घोंट लिया होता!

पहली बार जब मैंने दाढ़ी बनाई तब की
इतनी याद ज़रूर है मैं उन दिनों पढ़ाई
और एक लड़की से एकतरफ़ा प्रेम कर रहा था
पिता को दाढ़ी बनाते देखते हुए मन ही मन
उसे बनाना तो मैं पहले से ही सीखने लगा था
पहली बार पिता के रेजर ब्लेड से उसे
बनाने से पहले, मैंने उसे कई बार
अपनी सोच में देखा बनाकर और सोच में ही
उसे बनाने के बाद काँच में देखते हुए
अपना चेहरा, चेहरे पर फेरा अपना हाथ

पहली बार इसे बनाने के बाद चेहरे पर

भारी ख़ुशी लिये घर में सबको बताया देखो
मैंने पहली बार में ही बिना काटे
कितनी अच्छी दाढ़ी बनाई है मेरी ख़ुशी में
शामिल होने के बाद भी उस रोज़ मगर
बड़ी बहन की तरह छोटी बहन ने यह कहने में
ज़रा भी देर नहीं की आज तो ठीक लग रहा है
मगर बच्चू जब रोज़-रोज़ इसे बनाना पड़ेगी न
तब पता चलेगा तुम्हें, समझे

अब तो हालत यह है कितना भी खींच लो इसे
यह ढंग से बनती ही नहीं इसकी रगड़ के
स्थायी रंग ने चेहरे पर बना लिया है अपना ठिया
सफ़ेद भी होने लगी है यह जगह-जगह से
अब तो सबसे पहले नींद से उठकर
इसे ही बनाने की पड़ती है
इसे बनाये बिना घर से बाहर निकला ही नहीं जाता
मैं तो किसी को हमेशा के लिए छोड़ने
श्मशान तक में इसे बिना बनाये नहीं जाता
नहा वहाँ से लौटकर लेता हूँ, हिन्दू हूँ न!

कई बार मैं दोस्तों के बीच कह भी चुका हूँ
कभी तुम्हारा ईश्वर इस जमी हुई महफ़िल में
हम सबके बीच आकर यह जानते हुए
तुम आस्तिकों के बीच मैं नास्तिक हूँ अकेला
दिखाते हुए अपना बड़प्पन थोड़ी खिन्नता से मुझसे भी
यह कहते हुए पूछ ही ले, मैं तो ईश्वर हूँ न
मुझे इससे कोई फ़र्क़ नहीं पड़ता
कि तुम मुझे बिलकुल नहीं मानते हो
इन सबकी तरह तुम भी जो माँगना चाहते हो

माँग लो मुझसे तब मैं कहूँगा प्रभु
मेरे चेहरे से यह दाढ़ी हटा लो

इसे बनाने को लेकर मेरी हालत यह है
कि हबीबगंज रेलवे स्टेशन की उजाले के
पहले के अँधेरे भरे प्लेटफार्म की इस सुबह
जबकि सूरज भी सोकर उठने से पहले
कुनमुना रहा है बिस्तर पर
अधिकारी के बँगले पहुँचकर उसके दौरे पर
निकलने से पहले जिस सरकारी काम से
आया हूँ उसे करवाने के दबाव में
यह सोचकर इतनी सुबह नाई तो अपनी दुकान
खोलने से रहा और घंटे भर के लिए
होटल में कमरा क्या लेना

घर भूल आये शीशे में बिना देखे
पानी की टोंटियों के आगे खड़े-खड़े
पिछले पच्चीस साल के अपने अनुभव को
दाँव पर लगाकर ज़िन्दगी में पहली बार
अन्दाज़ से बना रहा हूँ मैं इसे।

फ़ोटो सेशन

मेरीजान जिसे मैं प्रेम करता हूँ अथाह वह अपना
नग्न फ़ोटो सेशन कराना चाहती है
और चाहती है उसकी इस इच्छा को
अंजाम तक पहुँचाने में उसकी मदद करूँ

मैं उससे कुछ कहूँ वह उससे पहले ही
मुझसे कहती है क्यों क्या कमी है मुझमें
तुम्हीं तो मुझे दुनिया में सबसे सुन्दर बतलाते हो न
जब मेरी सुन्दरता दुनिया में अकेली है
तब दिक्कत क्या है मेरे नग्न फ़ोटो सेशन में
और तुम्हारे दिखाये उन लड़कियों के नग्न चित्र
मैंने अपनी निगाह के साथ-साथ
तुम्हारी नज़र से भी देखे हैं
उन लड़कियों में एक मैं भी क्यों नहीं हो सकती

उनका इस तरह नग्न चित्र खिंचवाना मुझे बुरा नहीं लगता
मैं नहीं जानती कि वे ख़ुद को लेकर क्या सोचती हैं
जहाँ तक मेरी बात है तो मैं किसी स्वप्न में नहीं जीती
मैं जो कहती हूँ वह मुझे भी सुनाई देता है
मैं कैसी हूँ ये मैं ख़ुद को भी दिखाई देती हूँ
उन चित्रों में कसी हुई लड़कियों से
मैं अधिकतर नहीं तो कमतर भी नहीं कोई

तुमने बार-बार कहा हो मगर ये मुझे भी लगता है
मेरे कन्धे सुगठ और मादक हैं
मेरे वक्ष की फड़फड़ाहट के क्या कहने
वे तो मुझे ही उड़ाये फिरते हैं
और नितम्बों की थरथराहट भी मुझे
लगातार कँपकँपाती रहती है हालाँकि
उनकी इस गति में तुम्हारे हाथों का जादू भी कोई कम नहीं
मेरी आँखों और चेहरे में प्रत्यंचा सा तनाव है
इस बात का अहसास तो मेरे आगे तुम्हारे हाव-भाव
मुझे अब तक कराते ही आये हैं

मुझे इस बात से भी कोई फ़र्क़ नहीं पड़ता
मेरे नग्न चित्र आँख-दर-आँख टँक जाएँगे
कोई उन्हें चूमेगा कोई उन्हें ख़ुद को सहलाते हुए
उन पर हाथ फेरेगा, देखेगा भर-भरकर मन
अपनी किताब कॉपियों या बिस्तर के नीचे
रखेगा छुपाकर कोई अपने सपने में खींच ही लेगा मुझे

मुझे इस बात का भी कोई डर नहीं मेरे रिश्ते-नाते
दोस्त-यार, घर-मुहल्ला, शहर-बाज़ार
क्या सोचेगा, क्या कहेगा मेरे बारे में
मैं इन सबके लिए अपनी यह इच्छा
मारने को तैयार नहीं मुझे इस बात की भी
कोई परवाह नहीं कि मेरे नग्न फ़ोटो दिखाकर
लोग मेरे और तुम्हारे प्रेम के बारे में
खड़े करेंगे प्रश्न अब यह तुम्हारी समझ और
ताक़त है कि तुम उसे किस तरह लेते हो

जिसे तुम बार-बार मुझ पर लुटा देने की कहते हो
मुझे तुम्हारी वो जान नहीं चाहिए
नहीं चाहिए मुझे तुम्हारी वह ओट
जिसके पीछे मैं ख़ुद को सुरक्षित मानती आई हूँ
मैं उस ओट से बाहर आकर
तुम्हारे आगे खड़ी होना चाहती हूँ

मुझ पर बहुत भार है अपनी इस देह का
मैं ख़ुद को हल्का महसूस करना चाहती हूँ,
तुम्हारे साथ सपनों और चाहतों से लबालब सात नहीं
बस एक जीवन जीना चाहती हूँ
और उसी चाहत भरे जीवन से निकलकर बाहर आई
यह मेरी एक इच्छा है जिसे मैं पूरा करना चाहती हूँ
मैं तुम्हें ये भी बता देना चाहती हूँ ये कोई
ऐसी पहली और अन्तिम इच्छा नहीं मेरी
इसके बाद भी मैं इच्छाओं और कामनाओं से लबालब
एक लड़की ही रहूँगी मैं इस इच्छा के पूरा होते ही
कोई कैवल्य नहीं पा लूँगी

अपने नग्न चित्रों की चर्चा और चाँदनी में
चिकने काग़ज़ पर छपे अपने
नग्न चित्रों को जिन्हें सब देख रहे हों
तुम्हारी छाती से सटकर
सबकी आँखों में आँख डालकर देखना चाहती हूँ।

कढ़ी

हमारी कढ़ी को जब जापान ने पेटेंट करा लिया
और उसके द्वारा कढ़ी का पेटेंट करा लिये जाने की
हमारा मज़ाक बनाती ख़बर जब अख़बार में छपी
तो कढ़ी की अब तक पर्याप्त खिल्ली उड़ाते आये
मुझ जैसे कढ़ी अप्रेमी को भी भारी खीज हुई
वह इसलिए भी कि इस जापान को देखो
अमेरिका की तरह वह भी कहाँ से कहाँ पहुँच गया
कम-से-कम उसने इतना तो जान लिया होता
कि कढ़ी इस क़दर हममें घुली-मिली और हमारी
ज़ुबान पर चढ़ी है कि उसे हमारे भोजन का प्रतिनिधित्व
करने का भी अवसर दिया जाए तो ग़लत नहीं होगा

एक बार मेरे एक दोस्त ने पूछा क्यों बेटा
घर से क्या खाकर आ रहे हो, मैंने कहा
कढ़ी की सब्ज़ी और रोटी, उसने कहा
साले, गधे कहीं के, कढ़ी भी कहीं सब्ज़ी होती है
मैंने उससे कहा तो क्या कढ़ी सब्ज़ी नहीं होती
मैं तो अब तक उसे सब्ज़ी ही समझता आया हूँ
तब फिर यह कढ़ी क्या होती है जिसमें तैरती पकौड़ियाँ
मैं बड़े चाव से बीन-बीनकर खा जाता हूँ वह बोला
अबे उल्लू के पट्ठे, कढ़ी भी ठीक उसी तरह कढ़ी होती है
जिस तरह दाल बस दाल होती है सब्ज़ी नहीं

आगे की पढ़ाई के लिए 'महाराष्ट्रीयन' स्कूल में मेरा दाख़िला
करवाते समय मुझसे कहा गया कढ़ियों का स्कूल है ध्यान रखना
पढ़ाई अच्छी करवाते हैं यदि अच्छा नहीं पढ़ोगे
तो बाहर कर दिये जाओगे, समझे और हाँ किसी से
कढ़ी मत कह देना वरना कोई भिड़ जाएगा
मगर मैंने देखा वे सब आपस में ही एक-दूसरे को
हँसी-मज़ाक में कढ़ी भाउ कहकर पुकार रहे थे

विशेषकर वे तो और भी ठसक से कढ़ी-कढ़ी कह रहे थे
जो बोआ साहब कहलाते थे और जिन्हें हड्डी चूसने और
चबाने में महारत हासिल थी वहीं पर कढ़ी जैसी प्रसिद्धि
मुझे पातर भाजी की भी मिली जो खाने में
कुछ-कुछ कढ़ी जैसी ही थी और इस तरह
कढ़ियों के स्कूल में पढ़कर मैं पातर भाजी जैसी खान-पान और
सामाजिक महत्त्व की एक और विविधता को जान सका

कढ़ी से जुड़ा एक क़िस्सा मुझे अच्छी तरह याद है
जिसे सुनने की ज़िद करने पर मेरी नानी उसे हर बार सुनाती
गाँव में ब्याह में जुटी महिलाओं में से एक ने
रात रसोई की चिमनी बुझ जाने पर कढ़ी को
खाने के तेल की जगह मिट्टी के तेल में छौंक दिया
फिर कढ़ी खाकर सारी औरतों ने वह ब्याह
अपने-अपने बैठे हुए गले पकड़े हुए किया
नानी के मुँह से हम हर बार इस क़िस्से को सुनकर
पेट पकड़कर हँसते मैं अब सोचता हूँ कि ननिहाल
क़िस्सों के मामले में भी कितना निर्धन था मगर
उन्हीं क़िस्सों को बार-बार सुनकर भी सब कितने ख़ुश रहते थे

मगर कढ़ी के सम्बन्ध में एक दृश्य तो मैं कभी
भूल नहीं पाता हूँ मैंने एक बार अपनी दादी को
बुसी हुई कढ़ी से रोटी खाते देखा मुझे तो पता भी नहीं चलता
जो उस वक़्त उनके मना करते जाने के बावजूद
मैंने उससे रोटी का एक कौर तोड़कर नहीं खाया होता
मैंने उससे पहले कभी बुस चुकी कोई सब्ज़ी नहीं खाई थी
उस दिन उन्हें विवशता से बुसी कढ़ी खाते देख मुझे लगा
जैसे बुसा खाना खा जाना उनके लिए नया नहीं था
तब से घर में जब भी कढ़ी बनती है, मेरी आँखों के आगे
बासी कढ़ी खाती दादी का पोपला मुँह ठहर जाता है

अब आप ही बताइए परमाणु बम की मार झेल चुके साले
इस जापान के बच्चे पर क्या मेरा खीजना ठीक नहीं है
कम-से-कम कढ़ी का पेटेंट कराने से पहले उसने
इतना तो सोच लिया होता कि हमारी कढ़ी अब तक
हमारे ग़रीब पेटों को किस क़दर भरती आई है।

अमेरिका का राष्ट्रपति होने के मज़े

अमेरिका का राष्ट्रपति होने के बड़े मज़े हैं
इसे इस तरह भी कहा जा सकता है
यदि किसी देश का राष्ट्रपति होने के मज़े हैं
तो वह बस अमेरिका का राष्ट्रपति होने में हैं
या इस तरह भी यदि कहीं किसी राष्ट्रपति के
मज़े हैं तो वह बस अमेरिका के हैं

अमेरिका के राष्ट्रपति की क्या यह कोई कम मज़ेदारी है
कि वह जब चाहे किसी छोटे बड़े देश को
अपने सामने कान पकड़कर उठक-बैठक लगवा सकता है
यारी यारी में किसी भी मित्र देश के साथ
गरदन में बाँह डालकर चलते हुए
ज़रा सी बात पर उसकी गरदन दबा सकता है
अपने पैरों पर दौड़ने की कोशिश में जुटे किसी भी देश की
गति में चुपके से मारकर टँगड़ी उसे मुँह के बल धड़ाम से
ज़मीन पर गिरने के लिए विवश कर सकता है

उसके क्या मज़े हैं कि वह किसी भी देश का
शासन सँभालने के लिए अपनी छाया भेज सकता है
और इस तरह अमेरिका का राष्ट्रपति
उस देश का भी राष्ट्रपति हो सकता है

वह कभी भी संयुक्त राष्ट्रसंघ पहुँचकर पीछे से
महासचिव के सिर पर धप्पा मारकर छुप सकता है
ज़रूरतमन्दों के लिए मदद भरकर आगे बढ़ चुके
ट्रकों के पहियों की बीच रास्ते में हवा निकाल सकता है
कभी भी अन्तर्राष्ट्रीय मुद्राकोष का स्ट्रांगरूम खुलवाकर
उसमें रखे पैसे गिन सकता है विश्व बैंक के दरवाज़े पर
ताला लटकाकर उसकी चाबी अपनी जेब में रख सकता है
और तो और इतने सबके बाद वह अँगूठे से अपनी नाक
उठाकर अपना हाथ नचाते हुए स्टेचू ऑफ़ लिबर्टी के पास
खड़ा होकर वह सबको अपनी जीभ चिढ़ा सकता है

उसके इतने मज़े हैं कि उसे इस बात से
कोई फ़र्क़ नहीं पड़ता कि कोई उससे कितनी नफ़रत करता है
उसके चाहने भर से किसी को भी उससे
उसके प्रति अपनी नफ़रत के बराबर प्रेम या
अपने प्रेम के बराबर नफ़रत करनी पड़ सकती है
न चाहते हुए भी अपने बच्चों को
अ से अमेरिका ब से ब्रिटेन यह वर्णमाला पढ़ाने
के लिए विवश होना पड़ सकता है

मज़े-मज़े में वह जब चाहे पेंटागन की बनी अपनी
एक ऐसी कार से जिसके दरवाज़ों से दोस्त और दुश्मन
दोनों की तरह बाहर निकलने की सुविधा है,
से वह मूँछ पर ताव देता बाहर निकल सकता है
वह अपने ही पैदा किये दुश्मन को मारने अपनी गेंद ढूँढ़ते
ज़िद्दी बच्चे की तरह किसी भी देश को खँगाल सकता है
वह वारिसों को ही अपनी विरासत लूटने के लिए उकसा सकता है
वह वियतनाम को अपने सिर की तरह खुजा सकता है

कम्बोदिया को ब्रिटेन की तरह नोच सकता है

वह अपने इतिहास को पूरी दुनिया में
मुख्य इतिहास की तरह सँभालने
और शेष दुनिया को अपना-अपना इतिहास
उपइतिहास की तरह मानने की दे सकता है हिदायत
अपने ही देशवासियों के साथ-साथ चढ़ाते हुए
अपने हथियारों की बाँहें वह अन्य देशों से भी
कह सकता है जो मेरी लड़ाई में साथ नहीं मेरे
वह इतिहास में भी साथ नहीं होंगे मेरे
और मेरे बिना इतिहास भी दुनिया का क्या इतिहास

अमेरिका के राष्ट्रपति होने के जितने मज़े हैं वह
दुनिया के किसी देश के राष्ट्रपति होने के नहीं
आप हो जाएँ किसी भी देश के राष्ट्रपति
आपके राष्ट्रपति होने का तब क्या मतलब
जब आपकी जेबें डालरों से न भरी हों
इस मामले में एक अमेरिका का राष्ट्रपति ही है
जिसकी जेब उलीचने की हद तक डालरों से भरी रहती है

अपने कोट की जेबों में भरे डालरों के मज़ेदार खेल में
वह इतना माहिर होता है कि उसके अपनी जेब से
डालर निकालकर बाहर उछालते ही
इराक हो जाता है
या हो जाता है अफगान
वह यूरो को पुचकारता है उसे ज़्यादा न उछलने की
सलाह देता है और डालर के कान में
धीरज बनाये रखने के लिए फुसफुसाता है

अमेरिका का राष्ट्रपति बस अमेरिका का राष्ट्रपति
होने की वजह से इतने मज़े में दिखाई देता है
कि उसकी रगड़ने की वजह से अक्सर
लाल हो जाती आँखों में लगातार किरकिरी सा चुभता
क्यूबा किसी को दिखाई ही नहीं देता। बाज़ू

बड़ी बुआ

बड़ी बुआ ने प्रेम किया और वह मारी गईं
घर की उपेक्षा, तिरस्कार अलगाव और ईर्ष्या ने उन्हें मार डाला

माँ ने यदि प्रेम किया तो किसी को पता नहीं चला
बहनों ने असमय विवाहित होकर भुगतीं
प्रेम करने की सज़ा
पत्नी के स्वभाव के चलते कभी हँसी में भी
यह पूछने की हिम्मत नहीं हुई विवाह से पहले
या बाद में इस लम्बे दौरान मेरे अलावा
उसने किसी से प्रेम किया और पता नहीं
उसने मुझसे भी प्रेम किया या मेरी तरह वह भी
मेरे प्रति वफ़ादार नहीं ज़िम्मेदार बनी रही
काश : उसने मुझसे पहले या मेरे रहते
किसी से प्रेम किया होता तो वह भी एक स्त्री हो गई होती

घर में कोई उन्हें याद नहीं करता कोई छेड़ता भी नहीं
उनका ज़िक्र उनकी मृत्यु का दिनांक भी
याद नहीं किसी को वह मृणाल भी नहीं थी
कोई जैनेन्द्र बसा देता उन्हें त्याग-पत्र में
घर की स्मृति से विस्मृत हो चुकी हैं वह सदा के लिए
वह बुआ जिनका चेहरा ही मुझे हलका सा याद है
तीखे नैन, भरा चेहरा और बढ़िया क़द

जो आतीं तो मेरे सिर पर हाथ ज़रूर फेरतीं
मगर सिर के बालों में हाथ फेरतीं बुआ की
उँगलियों की कँपकँपाहट मैं महसूस जाता
लगता वह उस समय भी मेरे पिता से डर रही होतीं

मुझे नहीं पता अपने बराबर बच्चों की माँ
मेरी छोटी बुआ से वे 'प्रेम' में बदनाम होने के बाद
मिलती भी थीं या नहीं मगर छोटी बुआ अक्सर कहतीं
पति का घर छोड़कर और परपुरुष के
बच्चों की माँ बनकर उसने ठीक नहीं किया

जब पिता घर पर नहीं होते वह
अपनी माँ से मिलने ज़रूर आतीं
मैं अपनी दादी और माँ को उनसे ख़ूब लाड़ जताते देखता
वह मेरी माँ को भाभी भाभी कहते नहीं थकतीं
वे कभी ज़्यादा देर रुक जातीं तो उनका
रौबदार प्रेमी उन्हें लेने घर तक चला आता वे चुपचाप
उसकी साइकिल पर पीछे बैठकर चली जातीं
उनके पाँचों बच्चे आज भी मेरे पिता को मामा मानते
और शादी-ब्याह में बुलाने पर आते-जाते हैं

जब वे मरीं मैं छोटा था मैंने बस सुना
मेरे पिता जिस अस्पताल में वे भर्ती रहीं
उन्हें देखने तक नहीं गए वे तो उनके अन्तिम संस्कार तक में
बड़ी बुआ का चेहरा न देखने की क़सम से बँधे रहे शायद
शामिल नहीं हुए वे ज़िन्दगी भर कभी बड़ी बुआ भी
जीते जी इसलिए उनके सामने पड़ने से बचती रहीं
कहीं उनकी वजह से भाई की क़सम न टूट जाये

बड़ी बुआ अपनी प्रेमी से जितना प्रेम करती थीं
अपने भाई यानी मेरे पिता से भी उतना ही डरती थीं
और पिता हैं कि बड़ी बुआ की मौत के पैंतीस साल बाद भी
घर में उनका ज़िक्र चलने पर चुप्पी साध लेते हैं।

कोट के बाज़ू पर बटन

ऐसा मैंने भी करने की कोशिश की
जाड़े के दिनों में दो-चार बार
मगर हर बार ऐसा हुआ
कोट के बाज़ू के बटन आ गये आड़े
उन्होंने नाक पर अपनी रगड़ बना दी

जब मैंने जहाज़ पर काम करते
उन बच्चों के बारे में पढ़ा मुझे लगा
मैं भी उन बच्चों में से बच्चा
कोई एक सफ़ाई करता वहाँ अब भी

जिनके कोट के बाज़ुओं पर
लॉर्ड नेल्शन ने लगवा दिये बटन
बस इसलिए काम करते-करते
न पोंछ सकें वे नाक
कोट के बाज़ुओं से अपने

तब से अब तक कोट के दोनों तरफ़
बाज़ुओं पर यह बटन उनकी स्मृति में
कभी नाक से पानी आने पर अपनी

नज़रें बचाकर सबकी या कर सकें तो
सामने सबके, बटनों की
रुकावट के बावजूद, पोंछकर
अपनी नाक, करें उन बच्चों को याद।

अगली सदी में

1

अगली सदी में धूमधाम
और नज़ाकत के साथ
सबसे पहले अपने
पवित्र क़दम रखेंगी पोथियाँ

बड़ी ठसक के साथ
मूँछों पर ताव देती
उतरेंगी तलवारें
बन्दूक़ें सबसे पहले घुसेड़ेंगी
अपनी नलियाँ

शान के साथ तराज़ू-बाट
अगली सदी में
रखेंगे अपने पाँव

खेतों में फ़सल उगाता
चौराहों पर जूते गाँठता
कोठरियों में चादर बुनता
सड़कों पर रुई धुनता
पीठ पर बोरियाँ ढोता

कचरे में पहचान खोता

सबके पीछे-पीछे
सिर पर मैला धरे
अगली सदी में
मैं भी रखूँगा अपने क़दम।

2

पोथियाँ नहीं भूलेंगी
अपने साथ
घंटा शंख झालर ले जाना
ले जाना ठाकुर जी

नहीं भूलेंगे तराज़ू-बाट
अपने साथ ले जाना
बही खाते
और अँगूठों के निशान

नहीं भूलेंगी बन्दूक़ें
अपने साथ ले जाना तेल
उनमें पड़ने वाला
तलवारें नहीं भूलेंगी
लेकर चलना अपने साथ
उन पर धार धरता चक्का

अगली सदी में मुझे भी
पहुँचते देख डपटकर
पूछा जायेगा

क्यों बे, भूला तो नहीं
तू अपने साथ
अपनी राँपी लाना

साले कुछ दिनों से
तुम अपनी औक़ात ही
भूलते जा रहे हो।

3

पोथियों को आते देख
लपककर छुए जाएँगे उनके पैर
कहा जाएगा उनसे
आपके आने से
पिछली सदी की तरह
धन्य हुई ये भी सदी

गर्मजोशी के साथ होगा
बन्दूकों का स्वागत
कोई तलवार ऐसी न होगी
जिसके माथे पर न हो
तिलक का निशान

बिछ-बिछ जाया जायेगा
तराजू-बाटों और
बही-खातों के क़दमों में

अपने आप में उलझा
अगली सदी में घुसता

उन पर जब मैं
नहीं दे पाऊँगा ध्यान

डपटकर कहा जाएगा मुझसे
समझते नहीं तुम
यह सब चीज़ें कितनी ज़रूरी हैं
तुम्हारे लिए अगली सदी में।

4

अगली सदी में भी
पोथियों को मिलेगा
उतना ही सम्मान
जितना कि उन्हें मिलता आया
पिछली सदी में

अगली सदी में भी
रक्त सनी तलवारों
और बारूद से गँधाती बन्दूकों के
रहेंगे उतने ही अधिकार
जितने पिछली सदी में

अगली सदी में भी
तराज़ू-बाटों के पास होगी
उतनी ही आज़ादी
उतनी ही धूर्तताएँ
जितनी कि उनके पास रही
पिछली सदी में

पिछली सदी की तरह
नहीं होगी मेरी कोई आवाज़
अगली सदी में भी

हाथों में कुछ जूते
और मुँहों पर कई गालियाँ
मेरे लिए वहाँ भी होंगी तैयार।

छिनाल

उसकी भीतरी संरचना ही ऐसी थी
कि वह चाहती थी एक पुरुष
जो उसे प्यार करे भरपूर
रखे हरदम उसका ख़याल
रहे उसके साथ, उसके क़रीब हमेशा

पति हो तो बेहतर, प्रेमी हो
न हो तो बस पुरुष ही हो, मगर हो
इस ग़फ़लत में उसने
खाए लगातार ठेवे पर ठेवे
छिनाल कहकर पुकारा गया उसे

उसके भीतर से एक-एक कर
बाहर आते पुरुषों ने ही नहीं
अपने को भीतर ही भीतर मारतीं
औरतों ने भी नहीं बख़्शा उसे
उन्होंने भी उसे इसी शब्द से ताँसा

और तो और ख़ुद उसने भी
इसे अपनी ही जैसी औरत के
सिर पर खींचकर दे मारा।

चम्मच

चम्मच से मेरे सम्बन्ध शुरू से ही अच्छे नहीं रहे
शुरू से मेरा आशय अपने होश सँभालने से है
इस सम्बन्ध में अपने से होने वाली एक चूक
जो मुझसे हर बार होती है आपको बताता हूँ
किसी शादी-ब्याह में मैं प्लेट उठाकर हर बार
खाना परोसने बढ़ा देता हूँ आगे
तब बीच परोसने में या खाना शुरू करते ही
मुझे याद आता है अरे मैं चम्मच लेना तो भूल ही गया
जबकि प्लेटों के ठीक बग़ल में एक-दूसरे में
अपने सिर घुसाये पड़ी होती हैं वे

किसी रेस्टोरेंट में ऐसी कोई चीज़ जिसे अधिकतर लोग
छुरी, काँटे चम्मच से खा रहे होते हैं
मैं हाथ से ही खाता हूँ, मुझे कभी ज़रूरी नहीं लगता
मुझे सबकी तरह यहाँ खाते हुए चम्मच का उपयोग करना चाहिए
जबकि मेरे साथी सबके साथ मिलाते हुए ताल
छुरी काँटे और चम्मच से बजा रहे होते हैं प्लेटें
बस मुझमें और उनमें तब फ़र्क़ इतना ही होता है
वे पेपर नेपकिन से हाथ पोंछकर हो जाते हैं खड़े
और मैं अपने हाथ धोने वॉश बेसिन की तरफ़ लपकता हूँ

एक बार मैंने एक प्रसिद्ध फिल्मी हीरोइन के

इस अजब शौक के बारे में पढ़ा कि वे जिस भी
होटल में ठहरती हैं वहाँ से चम्मचें ज़रूर चुराती हैं
उनके संग्रह में दुनिया भर के होटलों व रेस्टोरेंट
से चुराई चम्मचें संग्रहित हैं, जिन्हें वे बड़ी
शान से दिखाती हैं सबको, जिनमें कुछ चम्मचें
तो चाँदी की हैं तो कुछ पर सोने की पालिश चढ़ी है
मैं हमेशा सोचता हूँ जब सब जानते हैं कि ये मोहतरमा
हमारे यहाँ से चम्मच चुराकर लिये जा रही हैं
तब कोई इनके सामान की तलाशी क्यों नहीं लेता?

मुँह में चाँदी का चम्मच लेकर पैदा होने का
क्या मतलब होता है मैं जब भी सुनता तो यही सोचता
चाँदी का चम्मच मुँह में लेकर कैसे पैदा हुआ जाता है?
तब मैं अपने मुँह में कौन सा चम्मच लिये पैदा हुआ होऊँगा
फिर इसका आशय एक रोज़ मेरे दोस्त ने मुझे समझाया, मुझे लगा
तब तो अपना और लोहे का रिश्ता उम्र जितना पुराना है

बीमार पड़ने पर जब डॉक्टर परचे पर दवाई के दो चम्मच सुबह
दो शाम लिखता है, मुझे मन ही मन हँसी आती है, मैं तो दवा की
शीशी को खोलता हूँ दवाई उससे ढक्कन में भरता हूँ
और पी जाता हूँ अब कौन चम्मच ढूँढ़ता फिरे
रसोई में जाये उसे धोये और फिर उससे दवाई पिये
अपन ने तो शीशी खोली, ढक्कन में दवा भरी और गट से अन्दर
हालाँकि इस बात पर मुझे हमेशा डाँट पड़ती है
क्योंकि बन्द होने के बाद दवा अक्सर ढक्कन से
निकलकर शीशी पर फैल जाती है
और फैलकर वहीं जम जाती है फिर शीशी पर
धूल, चींटी और मक्खियाँ अपना ठिया बनाने में देर नहीं लगातीं

इतनी जल्दी ठीक नहीं होती सबकी तरह कई बार
मैं कहता हूँ ख़ुद से भी, मुझे चम्मच से गरम दाल में
घी और पिसी हुई काली मिर्च मिलाना ठीक तो लगता है
मगर चम्मच का दाल को देर से ठंडी कर पाना मुझे पसन्द नहीं
अपनी इस जल्दी बाजी में मैं कई बार दाल और गरम चम्मच से
अपने होंठ जला बैठता हूँ, खीर हो या सूप
चम्मच से धीरे-धीरे चख-चखकर पीता भी नहीं मैं
मैं चम्मच एक तरफ़ रखता हूँ,
कटोरी उठाता हूँ और सीधे मुँह से लगा लेता हूँ

चम्मच से मेरे सम्बन्ध मधुर होते भी तो कैसे
अब रोटी सब्ज़ी तो चम्मच से खाई नहीं जाती
वह तो हाथ से ही खाई जाती है
और जहाँ तक दाल-भात की बात है तो उसे
मेरे कहने पर कभी आप पहले चम्मच से, फिर हाथ से
खाइये मिलाकर, फिर बताइये दोनों तरह में से किस तरह
खाने में ज़्यादा मज़ा आता है फिर सब छोड़िए
खाने के बाद उँगलियाँ चाटने में जो मज़ा आता है
क्या वह कभी कोई चम्मच दे सकती है।

जिसे वह अपने विस्तार की तरह आई देखती

अपने माथे पर कभी उसकी बात की शिकन तक
नहीं आने देती मैं उस माँ से
पूछना चाहता हूँ क्या उसके दिल पर
उसकी याद की कभी कोई सलवट उभरती है

जिसे वह अपने विस्तार की तरह देखती आई
सौंपती आई जिसे वह अपना होना
क्या कभी उसे आधी रात झूरकर गिरती
बरसात की तरह अपनी वह बेटी याद आती है

वह बेटी जो विवाह के ठीक सात साल बाद भी
ठीक वैसी ही दिखाई देती है जैसी
विवाह के ठीक इतने बरस बाद
वह दिखाई देती थी और शायद
पचास पार पहुँचकर भी वह ठीक
उसी जैसी दिखाई दे जैसी वह आज दिखाई देती है

क्या कभी रात-विरात उसका मन होता है
वह उसे लगाये टेलीफ़ोन और फूट पड़े
अपनी जगह उसकी आँखों में धार सी
या वह ही लगाये उसे टेलीफ़ोन
और सुबकते हुए कहे

माँ, मैं तुमसे बात करना चाहती हूँ
माँ तुम्हारे बिना रहा नहीं जाता
और वह भी बहने लगे उसकी तरफ़ वेग से

क्या कभी तीज-त्यौहार पर उसे
बुलाने को मन करता है कैसा गुज़रता है
हर साल उसके बिना बेटियों का वो महीना
जो बेटियों की जगह सावन का कहलाता है
क्या कभी उसके बच्चे के मुँह से
नानी सुनने की उसकी इच्छा होती है

क्या कभी वह रास्ते में मिली उसे
तब क्या उसकी बात करने की इच्छा
नहीं हुई उससे नहीं हुई उससे पूछने की इच्छा
बेटी कैसी हो अपनी दुनिया में
क्या कभी बेटी ही रास्ते में खड़ी हो गई
उसके सामने और कहने लगी
कुछ भी हो माँ मैंने कुछ भी किया हो
मुझसे कुछ भी हुआ हो
मगर तुम्हें मेरी बात तो सुननी ही चाहिए

जब बेटी की उम्र की कोई लड़की देखकर, उसकी नज़रें
ख़ुद में भीतर धँस जाती हैं जब वह देर तक
कुछ-न-कुछ बुदबुदाती रहती है,
कुछ सोचते हुए कुछ का कुछ करने लगती है
ऐसे में ही कभी अचानक उसकी बेटी
घर के दरवाज़े पर आकर हो जाए खड़ी
तब क्या वह आज भी नाता तोड़ते वक़्त जितनी
कठोर रह पाएगी आज भी धक्का देकर उसे

दरवाज़ा बन्द कर लेगी जोरों से और ग़ुस्से में जलती रहेगी देर तक
या सुबकने लगेगी वह, भीतर जाकर

मगर क्या उस माँ से उसकी उस बेटी के बारे में
पूछना ठीक होगा जिसने
एक दलित से कर लिया प्रेम-विवाह
इससे पहले कि वह उसके इस विवाह को
कर पाती स्वीकार हो पाती सहज
उससे पहले ही उसे इस विवाह की वजह से
अपने उस बेटे की मौत देखनी पड़ी

जिसे समाज ने यह कहकर लगातार
क्यों बेटा तुम्हारी बहन ने तो उससे शादी कर ली
अब तो तुम भी उनके रिश्तेदार हो गए
अब तो तुम भी जूते गाँठना सीख जाओगे
उसे अपमानित किया इस क़दर
कि उस मासूम ने आत्महत्या कर ली।

चाँद तुझसे होड़ है मेरी

किस मतलब का चाँद है बे तू
गुस्सा तो इतना आता है
दौड़कर, सीढ़ियाँ चढ़ता हुआ ऊपर पहुँचूँ
और लाठी मारकर सर तोड़ दूँ तेरा
टुकड़े-टुकड़े कर दूँ तेरे, ढकेल दूँ आसमान से नीचे
या निकाल दूँ प्लग
कर दूँ बिजली के तारों को अस्त-व्यस्त
ताकि सदा के लिए चमकना बन्द हो जाए तेरा

मैं तो अब तक यही मानता रहा जब तू है
तो मुझे चिन्ता किस बात की, सोचता रहा
किस बात का डर मुझे तेरे होते
मुझे तो बस प्रेम करना है,
प्रेम करते जाना है बस उस स्त्री से
मेरे आगे जिसका चेहरा तुझसे भी कहीं अधिक दमकता है
तो क्या धीरे-धीरे उसके चेहरे से ही
चिढ़ने लगा तू मगर हर रात बात करते तुझसे
मुझे दिखाई तो न दी तेरी कुढ़न

देख ये सब तेरे रहते हो रहा है
उसे मुझसे छीनकर ले जा रहा है कोई
और मैं अब तक भरोसा लिये बैठा तेरा

ताक रहा हूँ ख़ुद को असहाय
तुझी से पूछता हूँ फिर मेरी ज़रूरत क्या थी
उससे प्रेम कर प्रेम कर प्रेम कर कहते हुए
हर घड़ी मुझे टोंचते रहने की
मुझसे हर समय उसकी सुचवाते रहने की

तब तो तू मेरे और उसके बीच आ आकर
मुझे और उसे बढ़ावा देता रहा
कभी उसके निचले होंठ पर चिपक जाता हसिया होकर
कभी उसके होंठ ऊपरी होंठ पर ठहर जाता बनकर घूँघट
कभी उसकी ठोड़ी पर ठिलठिलाने लगता
काली छोरी सरीखा
कभी उसकी दाईं तरफ़ एक लट सा लगता झूलने
तो कभी लूट सा दूसरी तरफ़ जाकर
बाँध लेता उसके चेहरे को जैसे कोष्ठक
मेरे लाख हटाने पर भी
नहीं हटता उसके चेहरे से
उसके चेहरे से हटने का अनुरोध करते-करते
जब हताश हो जाता मैं तब तू शरारती, आकर चुपके से
मेरी आँखों में लगता चमकने और मेरे होंठों को
उसके होंठों पर छोड़कर भाग जाता बदमाश

तू तो जानता है न तेरी उँगली पकड़कर
पीठ पर इसकी किताबें भरा बस्ता टाँगे
बच्चे की तरह किसी स्कूल सी दिखती उसकी तरफ़
बढ़ना शुरू किया मैंने, शुरू किया स्लेट पर
अपनी ही उँगलियों के बीच बत्ती की तरह फँसकर प्रेम लिखना
तू देख ज़िद जैसी उसकी बरसाई शंटियों के आँसुओं से भीगे

कितने निशान मेरी हथेलियों पर, मेरे गालों पर
कितने चिह्न उसके हाथ की बिजलियों के

तू तो आसमान में जब से सब बना
तब से रहा है न, फिर आगे होने वाला मेरा हश्र
क्या तू जानता न था
क्या चाहता था तू मुझसे और उससे
तू हम दोनों के बीच गुपचुप बैठकर
हमें प्रेम करते देखना ही चाहता था
तो हमें ही क्यों हमारी जगह चुन लेता किसी और को
किसी और की उँगलियों में भर देता जादू
किसी और की साँसों से झरने लगता बनकर मदहोशी

किस जन्म का बैर चुकाया तूने मुझसे
अब तू ही बता, आकाश जैसी मेरी नंगी पीठ पर
'उस चाँद की तरह हूँ मैं, जो है तो बस तुम्हारे लिए'
अपनी जीभ की नोंक गढ़ा-गढ़ाकर
यह वाक्य अमिट कौन लिखेगा अब

अपने हाथों की हिनहिनाती उँगलियाँ
किस के सिर के बालों के अँधेरे में
बेतहाशा भागते घोड़ों की तरह दौड़ाऊँगा मैं
अपनी बन्द पलकों से किसके कोमल
कन्धों को बार-बार मैं थरथराऊँगा,
अपनी नज़रों की तराश से
मेरी नाक के भौंथरेपन को नुकीलेपन में
उसकी जगह अब कौन करेगा तब्दील, क्या तू
चाँद तुझे तो मैं अब छोड़ने वाला नहीं

धरती से फेंकी धूल से तेरे चेहरे को
न ढँक दिया तो मैं, मैं नहीं

ज़रूरत क्या थी कि हर बार तू
उसकी और मेरी साँसों को इतना खदका देता
वह बरतन से उफनकर आँच पर गिरने लगती
गिरती फिर उठती, फिर उठती, फिर उठती
धुआँ कुछ नशीला होता कुछ नम
जैसे शरद के मौसम में बेईमान तू
अब तू ही देख अपने भीतर से आँसू छोड़ती
गीली लकड़ी की तरह
अपने हाथों में थामकर उसका चेहरा
उससे कहना पड़ रहा है मुझे

हकीकत तो यही है मेरे चाँद
मेरे साथ-साथ तुम विचरने जा रही हो
किसी और आकाश में भी
तुम्हारे न चाहते हुए भी
उसके मसूड़ों से रिसती लार मेरी लार के साथ-साथ
गिरने जा रही है मुँह में तुम्हारे

और चाँद, चाँद तुझसे तो होड़ है मेरी
तू ही है जिसने अपनी तरह बरबाद कर लिया मुझे भी।

लड़ाई : पाँच प्रेम कविताएँ

1

लड़ाई तो हमारे बीच पहले भी हुई कई दफ़े
वह भी ऐसी कि मुझे हर बार लगा कि आज
सब कुछ खत्म हो गया हमारे बीच
मगर हम दोनों ने देखा कि वह कुछ ही देर में
एक बार फिर बूँदी के लड्डू की तरह होकर छार-छार
मेरी आँखों में शरारत और उसके होंठों पर
ज़िद बनकर खिलखिलाने लगी

इस लड़ाई से पहले भी ऐसी या इससे भी
कहीं अधिक, कठिन लड़ाइयाँ हुईं हमारे बीच
मगर मुझे कभी नहीं लगा कि वह हमेशा के लिए
ख़ुद को खींचकर लिये जा रही है मेरे भीतर से
इससे पहले जब भी लड़ाई होती वह उसकी ऊँचाई
के बाद भी मेरे भीतर बनी रहती और मैं भी
सहमा-सा उसके भीतर घुसा रहता

वह भीतर से भगाती भी नहीं कभी मुझे अपने
और जब मैं देखता उसका खौलना कम हुआ है कुछ
उसे दिखाने के लिए यह सोचकर
वह देखते ही झपटकर मुँह में भर लेगी

मैं उसके उबाल में अपने हाथ की उँगली डाल देता

एक लड़ाई के बाद दूसरी लड़ाई तक फिर हम
एक दूसरे को ताबड़तोड़ प्रेम करते थकने तक
हम मैदानों में हवा से भी तेज़ भागते और
दौड़कर चढ़ जाते पहाड़ियाँ जैसे कुलाँचे
जंगल में फैल जाते जैसे आग
आकाश में धड़कते जैसे बिजली
ऊँचाई से पत्थर पर गिरते जैसे
कोई झरना तोड़ता हुआ फैला सुनसान

इस लड़ाई से पहले जो मुझे कभी नहीं लगा
वह लग रहा है इस बार, इस बार ख़ुद को
भीतर से ख़ाली पा रहा हूँ मैं इस क़दर रीता
जैसे कुलधरा* अपने होने के जिस पर
छोड़कर सभी निशान चले गये सब एक दिन
तो क्या मेरे भीतर से वह इस बार ख़ुद को
निकाल कर ले गई हमेशा के लिये, कभी वापस
न लौटने के लिए खींचकर ले गई ख़ुद को

2

लड़ाई के हमारे बीच हर बार गतिमय प्रेम में
तब्दील होते रहने के बाद भी क्या यह अन्तिम लड़ाई
बाक़ी थी हमारे बीच कभी भी प्रेम में न बदलने के लिए
कहाँ छुपी थी यह हमारे भीतर एक-एक कर
बाहर आती लड़ाइयों के पीछे कैकेयी सी

---

* कुलधरा : राजस्थान के जैसलमेर का एक गाँव राजा के आदेश के विरोध में जिसके निवासी उसे हमेशा के लिए छोड़कर चले गए।

क्या यह किसी अवसर की प्रतीक्षा में
छिपी बैठी थी हमारे भीतर ख़ुद को प्रेम में
कभी न बदलने के लिए मज़बूत करती लगातार
सुनाने के लिए अपना फ़ैसला की यह

तब तो यह हमारे भीतर टहलती सोचती होगी
कितनी दूरियाँ हैं हम दोनों के बीच गहरी
इतना तनाव पसरा रहता है हमेशा जानलेवा
और खीज तो हमेशा इतनी कि
तनी रहती हमेशा इनके भीतर प्रत्यंचा उसकी
फिर भी ये मानते नहीं प्रेम करने से एक दूसरे को
छोड़ते नहीं एक दूसरे को उलझे रहते हैं हमेशा
एक दूसरे में जैसे आपस में उलझी कोई सुतली

ताक़ती होगी शायद मेरी जगह इस बार कि यह लड़ाई
कर दे इनके बीच वह फ़ैसला जो करना चाहती है वह
यहीं पर हो यह क़िस्सा खत्म तमाम दुश्वारियाँ
झेलने के बाद भी जिसे यह दोनों प्रेम कहते हैं
जिसके बदनाम फूल को वह अपने जूड़े और
और वह अपनी अचकन में लगाए घूमता है ऐसे कि
न तो उसने आज तक उसके रंग को फीका पड़ने दिया है
नहीं उसने झरने ही दी है उसकी एक भी पत्ती नम

हमारे बीच एक-एक कर उठतीं और बैठ जाती
लड़ाइयों को देखकर मन-ही-मन कहती होगी
कितनी कमजोर हैं ये कि इनकी नियति
प्रेम में तब्दील हो जाना ही बस, आसानी से
हार जाना ही बस, कर देना
समर्पण इनकी जिजीविषा के आगे

मन-ही-मन दृढ़ता बाँधती होगी ख़ुद से
कहती होगी जिस रोज़ मैं आऊँगी निकलकर
इनके बीच उस रोज़, जिस रोज़ नहीं होगा
इनके पास एक बार फिर से
मुझे भी प्रेम में तब्दील कर लेने का विश्वास
तब क्या यह इसी दिन की प्रतीक्षा में
छुपकर बैठी थी हमारे बीच कहीं टोह लेती

3

लड़ाई ने भले ही दिखा दिया हो अपना परिणाम
वह ख़ुद को ले गई हो मेरे भीतर से खींचकर
हमेशा के लिए मगर मैं तो अब भी उसके भीतर
डटा हूँ इस लोभ में कि हो सकता है इसके बाद भी
मेरे उसके भीतर डटे रहने की वजह से कुछ देर से ही
यह लड़ाई भी हो जाये अन्ततः प्रेम में तब्दील, उसकी तरह
मैं तो नहीं खींचने वाला ख़ुद को उसके भीतर से
जैसे उसने ख़ुद को खींच लिया मेरे अन्दर से

सोचता हूँ क्या मैं तब भी रह पाऊँगा उसके भीतर
जब वह मेरे भीतर से निकलकर अपने भीतर ही
रहने लगेगी अकेली, आख़िर वह ख़ुद के बाहर
अकेली कब तक बैठी रहेगी फिर जब वह
अपने भीतर अकेली रहने लगेगी तब उसके भीतर
मेरे रहने के लिए जगह कहाँ बचेगी
जब वह पूरी तरह अपने ही भीतर
रहने के लिए उतरेगी हमेशा के लिए
तब उसके भीतर कितना मैं इधर-उधर सरकूँगा
जब तक मैं बाहर नहीं निकलूँगा तब तक वह

अपने ही भीतर रहने के लिए कैसे बना पाएगी जगह
तब क्या मुझे भी उसकी तरह उसके भीतर से
ख़ुद को खींचना पड़ेगा बाहर हमेशा के लिए

इस लड़ाई के बाद इतना तो मैं भी जानता हूँ
अपने भीतर से वह मुझे खदेड़ेगी तो कभी नहीं,
ना हीं मेरी तरह रहने की कोशिश करेगी
किसी दूसरी कोटर में जाकर, वह अपने भीतर से
मेरे बाहर निकलने की प्रतीक्षा में बैठी रहेगी
अपनी ही देहरी पर बाहर दिनों तक, तब क्या
यह ठीक रहेगा मेरे लिये कि मैं उसके भीतर भरा रहूँ
और वह चुपचाप बैठी रहे अपने ही बाहर बिना मुझ से
कुछ कहे क्या वह अपनी तरह यह नहीं चाहेगी मुझ से
जब वह उसके भीतर से निकल आई है तो मुझे भी
हमेशा के लिए ख़ाली कर देना चाहिए उसे

इस लड़ाई के बाद जिसने सुना दिया अपना फ़ैसला
इसके बाद भी मेरा उसके भीतर डटे रहना उसे अपने भीतर
फिर से लौटने के लिए विवश करना नहीं होगा
जिसे वह मेरे भीतर गढ़ने से विफल हो गई
अन्ततः हारकर उसे अपनी दुनिया गढ़ने से रोकना नहीं होगा

4

लड़ाई ने भले ही उसे मेरे भीतर हमेशा के लिए
बाहर निकल जाने को कर दिया हो विवश
और उसे लग भी रहा हो कि वह ख़ुद को मेरे भीतर से
पूरी और हमेशा के लिए बाहर निकाल लाई है
मगर ऐसा कभी हुआ नहीं आज तक कि कोई किसी के

भीतर से इतना रहने के बाद अपने आपको पूरा
ले गया हो निकालकर बाहर आने से पहले वह
ज़रा भी न छूटा हो उसके भीतर

फिर हमेशा के लिए मेरे भीतर से बाहर जाते हुए
क्या उसके लिए यह सम्भव था कि वह अपनी
वह निराशा भी ले जाती मेरे भीतर से खरोंचकर
जिसे ख़ुद उसने मेरे भीतर चिपकाया था अपने आँसुओं से
क्या उसके लिए यह भी सरल था कि वह अपना वह तनाव भी
ले जाती मेरे भीतर से समेटकर जिससे ख़ुद उसी ने मेरी
रियाज़ सरीखी पहचान करवाई थी

क्या यह भी मुमकिन था उसके लिए कि वह
जाते-जाते मेरे भीतर से हमेशा के लिये
अपनी वह खीज भी ले जाती बाँधकर जो मुझे
लगातार टोंचती ही रहती थी कभी भौंथरी ही नहीं होती
उसकी चुभन उसे तो यह भी याद नहीं होगा
कि झल्लाहट इस बीच मेरे भीतर के किस-किस
कोने में जाकर रहने लगी यदि वह सबको
भरने की कोशिश करती चादर में तो हो सकता
उसमें से कई को तो वह पहचान ही नहीं पाती
और चौंक जाती क्या ये मेरी ही बेचैनियाँ हैं

क्या उसके लिए यह भी आसान था कि वह
जाते-जाते अपना वह गुस्सा जो मेरे भीतर
यहाँ-वहाँ बिखरा पड़ा था चुन-चुनकर समेट लेती
अपनी वह तमतमाहट नोंच लेती मेरे चेहरे से जिसने
इस दरमियान मेरे चेहरे पर अपना घर बना लिया था

जो जब चाहे उसके चेहरे के साथ-साथ
मेरे चेहरे को भी दहका देती थी
क्या सम्भव था वह अपनी वह तल्ख़ी भी
जो उसके साथ-साथ धीरे-धीरे मेरे स्वभाव में भी
हो गई थी शामिल जो उसके प्यार का एक हिस्सा ही थी
ले जाती मेरे मिज़ाज से नोंचकर

5

इस लड़ाई के पहले इतनी लड़ाइयाँ हुईं हमारे बीच
कि पूछो मत और ऐसी कि लड़ते-लड़ते हम उनका शिखर
छू लेते और वहीं पहुँचकर जब कुछ नहीं बचता तो
शुरू कर देते करना प्यार, हर बड़ी लड़ाई प्रेम के हर शीर्ष
पर जाकर खत्म होती और वह मेरे भीतर बनी रहती
तब भी जब मुझे लगता आख़िर क्यों न लड़े वह मुझसे अपने लिये
मगर जब वह इसके बाद भी वह मेरे भीतर बनी रहती तो
मैं एक सुरक्षित कोटर हूँ उसके लिए मेरे भीतर यह विश्वास
गहरा जाता मैं अधिकतर उसे इस रंग में रँगा पाता

मगर वह मेरे भीतर से वह सब बाहर निकाल फेंकना
चाहती थी जिसे मेरे भीतर तब जमा दिया गया था
जब मेरी ठीक-ठीक इच्छा ही नहीं थी कोई, तब
मेरे भीतर पुरुष की मंशा की गन्ध और उसका स्वाद
ले ही नहीं पाया था जन्म, जिनके प्रति मैं
ज़िम्मेदार ही था बस, उनके प्रति वफ़ादारी तो मैं उसके
जीवन में आने से बहुत पहले खो चुका था

वह मेरे भीतर उन्हें अपना हक जताते देखती
तो बदहवास हो उठती उसे लगता मेरे भीतर की दुनिया में

वह कहीं नहीं है उसे ये भय हमेशा सताता रहता
मेरे लाख चाहने और कोशिशों के बाद भी मेरे भीतर की दुनिया
उसे अपने भीतर क़दम नहीं जमाने देगी, कभी भी
खदेड़ कर कर देगी उसे बाहर और मैं तब भी उसके लिये
नहीं कर पाऊँगा कुछ, कभी-कभी तो मुझे भी लगता
शायद वह सच कह रही है मुझे ख़ुद पर सन्देह होने लगता

मगर मेरे भीतर तो बस वही बची थी, बस वह,
अपने भीतर की उस दुनिया को जो मेरे भीतर
उसके आने से पहले थी जो मेरी वजह से जानी जाती थी
मैं उसको भूल चुका था, अपने भीतर की उस दुनिया से
बहुत दूर आ चुका था मैं, इतनी दूर कि वह मुझे छू भी न पाती थी

ऐसा भी नहीं था कि मेरे भीतर की दुनिया को उसके
मेरे भीतर रहने की ख़बर नहीं थी, वह जानती थी
कि उससे बाहर, वह मेरे और मैं उसके भीतर रहने लगा हूँ
मगर वह मेरे भीतर उसका विरोध करने के बाद भी
मुझे इतनी विवश दिखती कि वह मुझे अपने से
खारिज करने या ठीक उसकी तरह मुझे ख़ाली करके
चले जाने के बारे में सोचती तक नहीं।

ढोल

दंगाइयों की नारे लगाती भीड़ में जाकर
उसके उन्माद ख़िलाफ़ बजना चाहता हूँ मैं
अपनी आवाज़ के हाथों आगे बढ़कर
छीन लेना चाहता हूँ उससे सारे हथियार
मैं उसकी सोच में डाइनामाइट की तरह बजकर
उसके भीतर की चट्टान को उड़ाकर
कर देना चाहता हूँ चूर-चूर

मैं अब एक मन्दिर के नाम पर
वोटों में तब्दील होकर मतपेटियों तक पहुँचते
क़दमों को रोकने मतदान केन्द्र के बाहर
बजना चाहता हूँ जोर-जोर से
मैं आगे बढ़ते उन क़दमों में सिसकते हुए
लिपट जाना चाहता हूँ बनकर अनुरोध

बजाने वाला खीजकर मुझे भले ही टाँग दे
घर की पुरानी दीवार में गड़ी लोहे की खूँटी पर
लाख मज़बूर करे पुरानी ताल पर लौटने की
मगर मैं अब नहीं बदलने वाला
तो नहीं बदलने वाला अपनी ताल
सोचता रहे कि इतनी समझ मेरे भीतर कहाँ से चली आई

मैं अब अपने आगे थिरकते लोगों के लिए नहीं
मुझे बजा-बजाकर थक जाते हाथों के लिए बजना चाहता हूँ
मैं उनके पेटों में रोटियों की तरह बजना चाहता हूँ
मैं उनकी देहों में फैलते रोगों में
औषधियों की तरह बजना चाहता हूँ
मैं उनकी दिमाग की ख़ाली जगहों में
क ख ग की तरह चाहता हूँ बजना

मैं बजना चाहता हूँ और लाल किले पर चढ़कर
देश का खींचते हुए अपनी तरफ़ ध्यान
बजना चाहता हूँ और लगातार बजना चाहता हूँ।

हंटर वाले मुल्ला जी

मुल्ला जी से ज़्यादा मुल्ला जी का हंटर चमत्कारी है
हंटर के बल पर तो मुल्ला जी का नाम हुआ है इतना

सोकर भी नहीं उठ पाते वे उससे पहले ही
घर के सामने उनके, ग़रीब-गुरबे बूढ़े, बीमार
तरह-तरह से परेशान लोग भीड़ लगाकर हो जाते हैं खड़े
उनके पास हर मर्ज का इलाज है
बस एक बार उन्होंने अपने हाथ में पकड़ा हंटर
किसी सिर के ऊपर से घुमाया या देह से
छुआया नहीं कि पलक झपकते ही परेशानी छू

बाज़ार में सिक्कों की तरह उनकी करामात के
कई चर्चे चलन में हैं जैसे उन्होंने
अपना हंटर छुआते ही बीस-बीस साल पुराने
मिर्गी के कितने ही रोगियों को कर दिया ठीक
जिन मरीजों की डॉक्टरों ने, अब उम्मीद नहीं
कहते हुए अस्पताल से कर दी छुट्टी बाद में
मुल्ला जी की दवाई लेकर वे दस-दस साल और जिये
फिर अस्पताल में डॉक्टरों को कुछ आता भी नहीं
जब उनसे केस नहीं सँभलता, चुपके से वे ही ख़ुद
मरीजों को मुल्ला जी को दिखाने की कह देते हैं
और कई लोगों ने देखा है कि बड़े डॉक्टर तो ख़ुद
अपने आपको दिखाने मुल्लाजी के पास आते हैं चलकर

कितनी ही बाँझ औरतें मुल्ला जी को दिखाने आईं
तो साल भर बाद गोद में लड़का ही लिए लौटीं
कितने ही लोग मुल्ला जी की दुआओं के दम पर
सरकारी नौकरियाँ चढ़ गए, और तो और
मुल्ला जी की नज़रें इनायत हुईं तो लोग
जीत गए हारते हुए मुक़दमें, कई लोगों ने व्यापार में
मुल्ला जी के दम पर कर लिये लाखों के वारे-न्यारे

भूत चुड़ैल तो उनके हंटर के आगे देह से निकलकर बाहर
लोगों ने गिड़गिड़ाते, बचकर भागते देखे हैं
दिनाई तो वे पलक झपकते ही निकाल देते हैं
और देनेवाले के नाम की तरफ़ भी चुपचाप कर देते हैं संकेत
वक़्त आने पर वे मूठ भी लौटा देते हैं
ऐसे लोग हैं जिन्होंने मुल्ला जी को ये चमत्कार करते देखा है

ख्याति के मामले में मुल्ला जी किसी मूरत
मजार वृक्ष सन्त या फकीर से कम नहीं
मगर कुछ लोग ऐसे भी हैं जिन्हें मुल्ला जी का
हुनर और प्रसिद्धि दोनों नहीं सुहाते जो
मौक़ा मिलते ही मुल्ला जी पर करने लगते हैं प्रहार
काहे के मुल्ला जी यार और काहे का हंटर
चलती का नाम गाड़ी है,
बुख़ार-जुकाम तो वैसे ही तीन दिन में ठीक हो जाते हैं

हमने तो आज तक किसी की बीस साल पुरानी मिर्गी की बीमारी
ठीक होते या डॉक्टर के मना कर देने के बाद
किसी को दस-दस साल जीते नहीं देखा
कोई नासमझ डॉक्टर होगा जो कभी
छू-छक्के के चक्कर में पूछताछ करने आ गया होगा

मंत्री तक तो नौकरी लगवा नहीं सकते
मुल्ला जी के कहने पर लग जाएगी?
मुल्ला जी का हंटर सिर्फ़ डंडे जैसा है जिससे गाय भैंस
सुअर या कुत्ते भगाये जा सकते हैं या किसी पर उससे किया जा सकता है अत्याचार
कोई जादू की छड़ी नहीं जिसे घुमाते ही लोग
जीत जायें मुक़दमे, व्यापार में हो जायें मालामाल
हाँ अगर ठीक कोई हुआ है, फायदा अगर किसी को हुआ है
तो वह मुल्ला जी को ही हुआ है
वारे-न्यारे हो गए हैं उनके
मकान, दुकान, टेलीफ़ोन, नेतागिरी सब चकाचक

क्या अदा है मुल्ला जी की किसी से कुछ लेते नहीं
अगर जो श्रद्धा से चढ़ा दे, तो कोई बात नहीं
अरे मरीजों को दवाई तक तो वे
अपने भाई की दुकान से खरीदवाते हैं

जिस तरह बड़े लोगों के बारे में लोग
बातें करते हैं, लोगों की, मुल्ला जी के बारे में भी
तरह-तरह की राय है मुझे लगता है
मूरख हैं वे जो मुल्ला जी के बारे में नहीं जानते
और उनके घर के बाहर लगी भीड़ देखकर समझते हैं
डंडे वाले मुल्ला जी खैरात बाँटने वाले
कोई बड़े आदमी हैं दयालु

जो अभी मुल्ला जी के बारे में नहीं जानते
उन सभी की तरफ़ से मैं मुल्ला जी और उनके हंटर से
इस बात पर यकीन नहीं करते हुए माँगता हूँ माफ़ी
कि शुरू-शुरू में एक खतरनाक पागल से डरकर

जिसे उन्हें दिखाने लाया गया था
वे घर के भीतर से ही हंटर लेकर निकले
इससे पहले पागल उन पर झपटता, कुछ कहता
उन्होंने आव देखा न ताव दो चार हंटर पागल में फटकार दिये
उद्दंड पागल रह गया सहमकर
और जितना शोर मचाता हुआ वह आया था
उतना ही शान्त होकर लौट गया अपने गाँव
बाद में उस पागल का क्या हुआ अल्लाह जाने
मगर मुल्ला जी का डंडा और हंटर से जुड़कर
मुल्ला जी का नाम ज़रूर फैल गया चारों तरफ़

क्योंकि पहले मैं भी मुल्ला जी के बारे में नहीं जानता था
नहीं जानता था इसलिए मैं मूरख ही था
न बेटी बीमार पड़ती न मैं मुल्ला जी के बारे में जान पाता
जब बेटी तीन-चार रोज़ मलेरिया में तपती रही
तब पत्नी से घर पर काम करने वाली बाई ने कहा
मालकिन बेबी का बुख़ार उतरता ही नहीं
कहीं कोई ऊपरी चक्कर तो नहीं
बेबी को हंटर वाले मुल्ला जी को क्यों नहीं दिखातीं
दूर-दूर से लोग आते हैं उनके पास
मुल्ला जी झाड़ते ही नहीं दवाई भी देते हैं
हम तो अपने बच्चों को वहीं दिखाते हैं

बेटी के बुख़ार को तो उतरना ही था सो वह
उतर गया एक दो रोज़ में
लेकिन मुल्ला जी के नाम के बुख़ार ने मुझे
गिरफ़्त में ले लिया अपनी ओर कर दिया
मुझे उन पर भी एक कविता लिखने के लिए विवश।

अपने विवाह की तैयारी करती प्रेमिका

अलग-अलग रंग और डिजाइन की कुछ साड़ियाँ
मेरी आँखों के सामने बिछाकर वह मुझसे पूछती है
बताओ तो सही इनमें कौन-कौन सी साड़ियाँ अच्छी हैं
अपनी उदासी छुपाते हुए मैं कुछ रंगों की तरफ़
उँगली उठाकर कर देता हँ, इशारा
हालाँकि मेरा मन रखने के लिए वह कह देती है
मेरा भी मन करता है मैं दफ़्तर में आया करूँ
साड़ी पहनकर कभी-कभार और तुम तो कहते भी हो
मुझ पर साड़ी भी बहुत अच्छी लगती है

वह सीधे-सीधे भले ही कुछ नहीं बता रही हो
मगर मैं समझ रहा हूँ वह इन दिनों
अपने विवाह की तैयारी में जुटी है और इस बारे में
वह धीरे-धीरे खुल रही है मेरे आगे

माफ़ करना मेरी जान कल हम लोग बाज़ार गए थे
इसीलिए तुम्हारा फ़ोन नहीं उठा घर में
जो तुमने बताया था न, उसी सुनार की दुकान पर
ये सोने की चैन लाई मैं खरीदकर, देखो
तुम कहते हो न, अब मैं कमा रही हूँ मुझे गले में
सोने की चैन हमेशा पहने रहना चाहिये
कैसी लग रही है, और हाँ एक हार भी लाये हम खरीदकर

और कानों में झुमकियाँ और एक नथ भी,
क्या यार फिर उदास हो गए तुम वह मेरी सूरत देखकर कहती है
तुम्हें तो कुछ बताना भी मुश्किल है
कहा न अभी कुछ नहीं हो रहा है

सुनो कल उसका फ़ोन आया था मैं तो उससे बात भी
नहीं करना चाहती थी मगर घरवालों के होते
मैं उससे कैसे इनकार कर सकती थी
वह मुझसे बात करता रहा पूछता रहा क्या-क्या
मगर मैं उससे ज़्यादा नहीं बोल सकी
मुझे तुम लगातार याद आते रहे, बताओ मैं क्या करती
कोई बात नहीं यह कहकर मैं उसके चेहरे से
नज़रें हटा लेता हूँ मगर मैं देखता हूँ मुझे देखकर
वह भी मेरे ही बराबर उदास हो गई है कुछ ऐसे जैसे
उसकी उदासी मुझसे कुछ पूँछ रही हो बताओ
मैं यह सब नहीं करूँ तो फिर क्या करूँ

सुनो मुझे उसकी चाल पसन्द नहीं है कैसे चलता है वह
ऊँट जैसा उचक-उचककर मेरे साथ जब वह चलेगा
तब कैसा लगेगा, इस बात पर मेरी सहेलियाँ मेरी ख़ूब हँसी उड़ायेंगी
अपनी ही बात ख़ुद हँसते हुए कहती है
हालाँकि वह गोरा चिट्टा है एकदम लम्बाई भी है उसकी
सब कह रहे हैं मैं तो उसके आगे कहीं नहीं लगती
कितनी साधारण हूँ मैं और वह कितना आकर्षक
यह तो मेरा भाग्य है कि उसे मैं पसन्द हूँ
मम्मी-पापा से सब यही कहे रहे हैं इन दिनों
और कुछ ज़्यादा माँग भी नहीं है उनकी
मगर मैं उसके साथ एक दिन भी नहीं रहने वाली
तुम्हारे और अपने घर के कहने पर मैं यह शादी कर रही हूँ

तुम जानते हो न तुम्हारे बिना नहीं रह सकती मैं
छोड़कर चली आऊँगी सब, सुन रहे हो न
मैं हताश उसकी बेचैनी पर हाँ में हिला देता हूँ अपना सिर

दफ़्तर में घुसते ही वह कहती है सुनो वह आज
यहीं आ रहा है, दिन भर रहेगा मेरे साथ घूमेगा-फिरेगा
पापा कहते हैं शादी से पहले वह मुझसे
घुलना-मिलना मुझे समझना चाहता है
मुझे जाना पड़ेगा यार, तुम्हीं बताओ मैं उसे कैसे मना कर सकती हूँ
मेरे बिना अकेले रह लोगे न तुम आज
तुम चिन्ता नहीं करो मैं उसे ज़रा भी
आगे नहीं बढ़ने दूँगी, वह मुझे कुछ दिलवाए तो ले लूँ न
मुझे उसके साथ मोटर साइकिल पर भी बैठना पड़ेगा

मैं कहती थी न लड़कियाँ तो बेवफ़ा होती हैं
प्यार किसी से करती हैं और विवाह किसी से
देखो मैं भी उन्हीं में से एक निकली
वादे तुमसे करते रहे और चले दूसरे के संग
हम लड़कियाँ तो फिर भी किसी तरह रह लेती हैं
मगर मैं सोचती हूँ तुम मेरे बिना कैसे रह पाओगे
हमें एक-दूसरे से मिलना ही नहीं था
तुम कहो तो मैं मना कर दूँ उससे
आँसुओं को मेरे गालों से पोंछते हुए वह पूछती है
मेरे बिना नहीं रह सकते हो तो मुझे
अपने से दूर जाने क्यों दे रहे हो हमेशा के लिए
रह क्यों नहीं लेने देते हो मुझे पास, अपने भीतर
तुम विवाहित हो सिर्फ़ इस वजह से मुझे किसी और की होने दे रहे हो।

रँगे अदक*

जिन्होंने क्रान्तियाँ कीं वे अब क्रान्तियों से
डरने लगे हैं क्रान्ति यह शब्द
अब उन्हें नहीं भाता इसे सुनते ही
उनकी नींद उड़ जाती है

मैक्लौडगंज में लगातार हारता एक धर्मगुरु
उन्हें अचानक जीतता दिखाई देने लगता है
उन्हें लगता है यह लाल वस्त्रधारी
कहीं हमारे लाल रंग को न हरा दे

बन्दूक की नली से होकर निकली सत्ता
बन्दूक की गली में तब्दील होकर रह जाती है
मनुष्य की स्वतन्त्रता की बात करने वाली चेतना
दिखाई देती है स्वतन्त्रता की चाहत रखने वाले
मनुष्य के विरुद्ध षड्यन्त्र में जुटी

रँगे अदक तुम इतनी जल्दी
थ्यैन आन मन चौक को कैसे भूल गए।

---

* रँगे अदक : एक बौद्ध भिक्षु जिसे घोड़ों की रेस के दौरान दलाई लामा जिन्दाबाद का नारा लगाने पर चीन ने आठ बरस का कारावास दे दिया।

नरिसा चक्रबोंग्से

जब उस तरफ़ एक मशाल जलेगी
उसकी रोशनी इस तरफ़ दिखाई देगी

कोका कोला का प्रचार और बाँध का विरोध
साथ-साथ करने वाला एक सितारा
देश में दौड़ेगा इसे लेकर
और करेगा ख़ुद को मशाल सा महसूस

खेल को धर्म और उसे खेलने वालों को
ब्रह्मा विष्णु महेश जैसा मानने वाले
कभी यह नहीं सोचेंगे
हमारे इन भगवानों ने क्यों नहीं कहा
गुजरात में अच्छा नहीं हुआ

सदी का महानायक कभी नहीं बोला
मुझे दुख है कर्ज में डूबे देश के
इतने किसानों ने आत्महत्या कर ली
उलटे वह कन्धे पर हल की जगह

---

* नरिसा चक्रबोंग्से : उम्र बाइस वर्ष, थाइलैंड में जिसे ओलम्पिक मशाल ले जाने के लिये चुना गया, उसने ओलम्पिक मशाल के बहिष्कार की घोषणा कर दी।

जेब में फर्जी प्रमाण-पत्र रखे
किसान होने खेतों की तरफ़ चल पड़ा

नरिसा चक्रबोंग्से तुम्हें सलाम तुमने थाम ली
अपने हाथो में विरोध की मशाल।

उस भले आदमी के पास मैं अपना समय छोड़ आई हूँ

उस भले आदमी के पास मैं अपना समय छोड़ आई हूँ
एक ऐसा समय जो बस, मेरा है, बस मेरा
उसका भी नहीं जिसने इसे जिया मेरे साथ-साथ
जिस पर उसका भी हक उतना ही जितना मेरा

उस आदमी से मिलने से पहले मुझे ख़बर ही न थी
मुझ साँवली पर कौन-कौन से रंग फबते हैं
ऊँची एड़ी की नहीं मेरे पैरों मैं सादी चप्पलें ख़ूब दिखाई देती हैं
मुझे गहरे मेहरून रंग की लिपिस्टक लगानी चाहिए होंठों पर
और चेहरे पर बनाए रखना चाहिये हमेशा कसाव
यह मुझे उसी ने समझाया, उसी ने उस दौरान
मेरे पैरों में कुलाँचें भर दीं, मेरे हाथों में भर दी उड़ानें
मेरी आँखों में घोल दिया एक स्वप्न
और मेरी मुट्ठियों में हौसला भर दिया लाकर, मैं उस मानुष की
बाट जोहती आँखों में स्मृतियों की धार छोड़ आई हूँ

वह ख़ुद कहता मुझे देखते ही उसकी मति फिर जाती है
वह भूल जाता है कि वह एक पुरुष भी है
उसके अन्दर भी मुझसे रूठने, गुस्साने, लड़ने, मेरे आगे ठुनकने
और मुझे सताने की इच्छा होती है, लेकिन मैं जब भी देखती
वह हमेशा
मेरे आदेश के दरवाज़े हाथ बाँधे अर्दली सा मिलता खड़ा

तब उसके आगे मेरे किसी बात पर अड़ जाने पर
वह ख़ुद को कैसे सँभालता होगा मैं यह अब सोचती हूँ
एक बार तो वह इस क़दर खीज गया मुझ पर
कि उसने अपने हाथों अपने मुँह पर चाँटे जड़ लिये
यह मेरे लिये भी नया था एकदम
उस रोज़ तो मैं भी रह गई सकपकाकर
जिन्होंने उसे लगभग पागल सा बना दिया
उसके जीवन में घाव की तरह रिसने के लिये
मैं अपनी कुछ अकाट्य ज़िदें छोड़ आई हूँ

पहले भी स्त्री देह में चुभ चुका वह पाने के बाद मुझे
मुझसे कहता मैं तो मान भी नहीं सकता था
किसी स्त्री का स्वाद ऐसा भी हो सकता है
एक साथ कोई स्त्री इतनी मिर्च, गुड़ और अमचूर भी
हो सकती है कह भी नहीं सकता था मैं किसी से
जब वह मुझसे यह कहता मैं देगची में साग सी
और भी जोरों से खदकने लगती
उड़ने लगती उसके विस्तार में वाष्प सी,

मुझे लगता कि मुझसे उसका पेट भरता ही नहीं कभी
मुझे सामने पाकर तो क्या, मेरा नाम सुनते ही
उसके भीतर कामनाओं के घोड़े दौड़ने लगते हैं
मुझे पाकर हमेशा तेज़-तेज़ चलने लगती
उस रसिक की साँसों के मंजर में मैं ख़ुद को रोप आई हूँ

मुझे लगता मैं चल रही हूँ तो अकेले नहीं
वह भी मेरे भीतर, मेरे साथ चल रहा है
किसी बात पर मैं अकेले ही नहीं हँस रही हूँ
वह भी हँस रहा है मेरे साथ, या मैं हँस रही हूँ उसी की हँसी

मैं उसी की तरह देख रही हूँ चीज़ों को
बोल रही हूँ, उसी की तरह सँभलकर
अपने चेहरे में, चेहरे की जगह अपने
उसका चेहरा दिखाई दे रहा है मुझे आइने में,

और उसका भी यही हाल था बिलकुल
वह कहता आँसू भले ही मेरी आँख से बहते हैं
मगर मेरे भीतर कोई रोता रहता है लगातार
पता नहीं वह कौन है, तब मैं उससे कहती–
वह मैं हूँ मेरे सिवा तुम्हारे भीतर कोई रो भी नहीं सकता
मैं उसे वहाँ अकेला कैसे छोड़ सकती थी
पता है, मैं उसे अपने साथ ले आई हूँ वह मेरे भीतर ही है
जैसे मैं ख़ुद को वहाँ उसके भीतर छोड़ आई हूँ
भला मैं भी उसके बाहर कैसे रह सकती थी

उस सबसे भले आदमी के पास मैं अपना ऐसा समय छोड़ आई हूँ
जिसे प्रेम के सिवा नहीं कहा जा सकता कुछ और
जो सिर्फ़ मेरा है सिर्फ़ मेरा
जो उसके पास सुरक्षित है पूरी तरह
और जिस आज को मेरा समय कहा जा रहा है यह समय मेरा नहीं है
उसके बिना समय का यह हिस्सा मेरा हो भी कैसे सकता है।

घुटने

घर के दरवाज़े से पिता की अर्थी को
कन्धा देते समय ही मौहल्ले भर में
उन चारों को एक साथ देखा गया था

घर में एक ही संडास है उनके
एक ही जीना जिससे चढ़कर वे ऊपर बने
अपने-अपने कमरों तक पहुँचते हैं
वे अक्सर जीने चढ़ते उतरते, दरवाज़ा पार करते
पड़ते हैं एक दूसरे के सामने
लेकिन वे एक-दूसरे से नहीं करते कोई बात
उनकी पत्नियाँ भी नहीं बोलतीं एक दूसरे से
वे एक दूसरे के बच्चों को गोद में लेकर खिलाते भी नहीं
और न ही उनकी तरफ़ देखकर मुस्कराते
जबकि उनके बचपन की तरह ही उनके बच्चे
एक जैसा हँसते और तुतलाते हैं

वे एक ही नल से भरते हैं पानी
एक ही मीटर से आती बिजली का करते हैं उपयोग
करते हैं चारों अलग-अलग जगहों पर एक जैसा काम
और अपने पिता की तरह निपुण हैं उसमें
उनके चेहरों के नाक-नक्श क़द काठियाँ और
हाव-भाव भी लगभग मिलते-जुलते हैं

चारों की आवाज़ में भी है एक जैसा उतार-चढ़ाव
उनके दुख-दर्द भी एक जैसे हैं
एक जैसी है उनकी सोच और स्वार्थ

टटोलने पर आप देखेंगे कि उनके मनमुटाव के पीछे
उतने बड़े कारण नहीं, जितनी बड़ी समस्याएँ
उनके जीवन में मौजूद हैं इसके बाद भी
मेल मिलाप का कोई चटख रंग नहीं उनके बीच

घर में उनमें से कोई पड़ा हो बीमार या हो
झगड़े में घायल या हो पीछे सलाखों के
किसी का उसे पूछने तक नहीं जाना,
किसी के बच्चे को हो जाए स्कूल से आने में देर
तड़प रही हो उसकी माँ उसे देखकर भी
किसी को कोई अहसास नहीं होना
चल देना मुँह फेरकर अपने काम से,

कोई सीखना चाहे तो भाइयों के बीच
दुश्मनी निभाना इनसे सीखे
शायद ये वे घुटने हैं जो अब कभी
अपने पेट की तरफ़ नहीं मुड़ेंगे।

पल्टन बाज़ार के लड़के

बारी के इन्तज़ार में अपनी-अपनी पहाड़ की वे लड़कियाँ
उनके आगे बैठी हैं अपनी-अपनी ख़ूबसूरत हथेलियाँ फैलाए
और पल्टन बाज़ार के ये सरल से दीखते लड़के
एक हाथ में थामे किसी लड़की की सुन्दर सी हथेली
जुटे हैं दूसरे हाथ से उस पर मेहँदी लगाने

बड़े जतन से हथेलियों पर हरियाली रोपते
अपनी चुप्पी में डूबे किन घरों के कौन लड़के हैं ये?
उदासी में खोई इस गुमसुम सी पृथ्वी पर

दुबले-पतले, साँवले, साधारण से कपड़े पहने
क्या सचमुच लड़के ही हैं ये, कहीं ये वृक्ष तो नहीं
अपनी गरदनें गोदामों में कटकर गिरने से बचाने
जंगल से भागकर चले आए हों यहाँ
और बैठ गए हों यहाँ आकर चुपचाप शक्ल में लड़कों की,
फिर ये वृक्ष ही हैं तो ये लड़के
सिवाय हरियाली बाँटने के कर भी क्या सकते हैं कुछ और

ख़ूबसूरत हथेलियाँ इनके हाथों में और मन में नहीं कोई हलचल
चेहरे पर नहीं कोई भाव, क्या इन्हें इन जैसी ख़ूबसूरत
किसी हथेली की चाह नहीं फिर इनके मन में कैसी हथेली की चाह होगी?
क्या अपने हाथों में मेहँदी रचवातीं इन लड़कियों की हथेलियाँ थामें

इन लड़कों के मन में इन्हीं में किसी लड़की की हथेली थाम लेने की
इच्छा नहीं होती होगी, होती होगी तो फिर कैसे छिपाए रहते हैं ये
अपने भीतर पहाड़ों से बहकर आते झरनों सी कलकलाती अपनी इच्छा
कहीं ये डरे हुए पहाड़ तो नहीं
लड़कों की सूरत में जो आकर बैठ गए हों यहाँ पल्टन बाज़ार में

हथेलियों के रचे जाने में खोईं इन लड़कियों को
कभी-कभार ये देख भी लेते हैं कनखियों से
और फिर जुट जाते हैं अपने काम में
इस डर से कहीं कोई पकड़ न ले इनके भीतर का वह चोर
कभी-कभी कुछ बुदबुदाने लगते हैं ये
कोई धुन, कोई लय उठने भी लगती है इनके भीतर
डूबने और भूलने को अभिशप्त ये लड़के
पहाड़ी लोकगीत तो नहीं जो हथेलियों के रास्ते जुटे हों
ख़ुद को बचाने और घर-घर पहुँचाने में
कौन हैं ये लड़के भूख और ग़रीबी भूलकर
समय-समय तनकर खड़ा हो जाता आन्दोलन है
पोस्टर हैं बैनर हैं नारे हैं पत्थर हैं
पहाड़ पेड़ और पानी का इतिहास हैं, या हताशा है
गोलियाँ झेलने को विवश छातियाँ हैं
तीर्थों और यात्रियों की पसरती परछाईं हैं

हरियाली का इतिहास लिखते हुए पल्टन बाज़ार में तेज़-तेज़ भागते
दुनिया के क़दमों को देखते आख़िर ये लड़के कौन हैं।

सोनागाछी

बंगाल ही नहीं भारत भर के
कारीगरों ने इस बार नहीं गढ़ीं
मिट्टी से मूर्तियाँ

सोनागाछी ही नहीं भारत भर की
उन बस्तियों से निकालकर
बाहर लाये वे वेश्याओं को
उन्होंने रखा इस बात का ख़याल
उनमें से कोई बूढ़ी-पुरानी
दर्द से कराहती, खाँसती-मरती
नहीं छूटे उस अँधेरे में भीतर के

कारीगरों ने इस बार उन सबका
किया ठीक वैसा ही शृंगार जैसा
करते आये वे मूर्तियों का अब तक
और उन्हें बिठाया जगमगाते
उन मंडपों में ले जाकर, आख़िर
उन्हें हमने ही तो गढ़ा अब तक

लगातार हमारा होना झेलती

कोई देवी नहीं थी इससे पहले
हमारे पास, इस बार उन्होंने
गढ़ी दसवीं देवी जिसका
नाम पड़ा देवी सोनागाछी।

बाज़ार

तुम किसी का हक क्यों नहीं मारते
किसी को लूटते क्यों नहीं
किसी का गला काटने का कमाल
क्यों नहीं करते तुम, मेरी दुनिया में
तुम्हारी कोई ज़रूरत नहीं

चलो भागो यहाँ से तुम्हारे शरीर से
पसीने की गन्ध आती है
तुम्हें अंग्रेजी नहीं आती
तुम बासी रोटी खाना कब छोड़ोगे

तुम फर्श साफ़ कर सकते हो
तुम थूक साफ़ कर सकते हो
तुम सामान उठा सकते हो
तुम सलाम ठोक सकते हो
तब भी मुझे तुम्हारी ज़रूरत नहीं

आना जब तुम्हारी जेबें भरी हों
भले ही नोट ख़ून से लिथड़े हों।

चू युआन

मेरे सपने में आता है चू युआन
बैठ जाता है दरकीले पाट पर आकर मिलो की गहराई के
आता है गुमसुम और यकायक जल से अथाह
मेरी नींद में डूबकर मार लेता है ख़ुद को
मुझे पानी में तैरना नहीं आता
तो मैं भी नहीं बचा पाता उसे
नहीं कूद पाता मैं उसके पीछे-पीछे जल में
सिर के बाल पकड़कर नहीं ला पाता था ज़िन्दा
उसे पानी से बाहर
बस उसे आवाज़ देता रह जाता हूँ
चू युआन चू युआन चू युआन

क्या मेरी तरह चू युआन को भी पानी में तैरना नहीं आता था
क्या वे सब भी जो चू युआन की तरह पानी में
डूबाकर मार लेते हैं ख़ुद को, तैरना नहीं जानते हैं
क्या पानी में डूबकर जान देने वाले सभी
पानी के मित्र नहीं होते हैं जैसे कि मैं लिखकर पानी पर कविताएँ
अपनी कविताओं को पानी बराबर मान लेता हूँ
मगर मेरी और उसकी दोस्ती के बीच तैराकी जैसी घनिष्ठता नहीं
मगर यह मेरा कौशल है पानी से बाहर मैं सब जगह तैर लेता हूँ

हो सकता है चू युआन पानी में तैरना जानता रहा हो

मगर मेरी तरह पानी के बाहर वह और सब जगह
नहीं चाहता हो तैरना जबकि उसके पास
पानी से बाहर तैरने को रहा पूरा यांगट्सी जिसमें वह मंत्री
मगर लोक-दुखों को रौंदते हुए
तैरने से बेहतर लगा होगा उसे लोक-दुखः जल में
डूबकर मिट जाना तभी पानी में तैरना जानते हुए भी
अपने हाथ पैरों को नहीं दी होगी उसने इजाज़त ख़ुद को बचाने की

मैं यू युआन की तरह होना चाहता हूँ, चाहता हूँ
सैनिक का मर्सिया की तरह मेरी भी कविताएँ
जानी जाएँ घर-घर में देश के
हर बरस मेरी भी याद में भरें गाँव-कस्बे मेले
लोग दोहराएँ 'ली साओ', सुबकें मेरे लिए
करें मुझे याद, मेरे नाम की जगह मुझे पुकारें
कहकर चू युआन चू युआन चू युआन

मैं चु युआन जैसा राज कवि होना चाहता हूँ
मैं उस जैसा जन कवि होना चाहता हूँ
मैं उस जैसा बेचैन कवि होना चाहता हूँ
लेकिन मैं चू युआन की तरह पीड़ा से लबालब उस लोक जल में
अपनी परछाईं तक नहीं देखना चाहता
जिसमें कूदकर चू युआन ने दे दी थी अपनी जान।

चू युआन (ई.पू. 328-285) चीन के यांगट्सी प्रान्त के सामन्ती राज्य का कवि मंत्री जिसने लोक के निकृष्ट जीवन से क्षुब्ध होकर आत्महत्या कर ली।

मैं जानती हूँ वह मुझसे क्या जानना चाहता है : चार कविताएँ

अपनी पीठ पर थपेड़ों जैसी बेचैनी रोके हुये अथाह
इन दिनों वह मुझे उस प्राचीन
बाँध की तरह दिखाई देता है
जिसकी पीठ पर हिलोरें मारते
पुराने पानी की चखन मैं पहचानती हूँ
आख़िर मैं भी उसकी पीठ पर जमती
और काली पड़ती काई हूँ पुरानी
तब मुझसे ज़्यादा उसके कम्पन को
कौन पहचानता होगा मैं जानती हूँ
इन दिनों उसकी थरथराहट मुझसे क्या जानना चाहती है

पर वह जो जानना चाहता है मुझसे
उसे पूछने से बचना भी चाहता है वह मुझसे
और मैं जानती हूँ वह सब
जो वह जानना चाहता है मुझसे
पूछने से बचने की नामुमकिन कोशिश में
उस किशन जैसे किशन ने मुझ राधा जैसी
राधा के लिए अपनी प्रेम तर्जनी पर
पीड़ा का भारी गोवर्धन उठा रखा है

मैं देखती हूँ वह जो मुझसे जानना चाहता है
उसे बार-बार अपनी पूछती निगाहों से वह मुझे टूकता है
मगर जिस डर से कि कहीं पूछते-पूछते वह
फट न जाये एकदम, उसने अपनी जुबान को
दाँतों के बीच कसकर दबा रखा है
ठीक उसी डर से कहीं बताते-बताते मैं भी
टूट न जाऊँ मैंने चुप्पी में अपनी पलकें गढ़ा रखी हैं

मगर उस समय में पहुँचकर जिसमें
वह मुझे नहीं चाहता था भेजना
जिसमें नहीं चाहती थी मैं भी जाना
उसकी खरोचों के बारे में जिसके निशान
मेरी और उसकी दोनों की पहचान के चेहरे पर
न मैं उसे बताने से रोक पा रही हूँ
न वह ख़ुद को पूछने से बचा पा रहा है

इन दिनों हमारे बीच यही घट रहा है
वह मेरे सामने मुँह कसे बैठा रहता है
और मैं भी आँख झुकाए उसे अपने क़रीब
महसूसती रहती हूँ निरन्तर इन दिनों
मेरे और उसके बीच पूछना
और बताना इतना फासला बचा है बस

इन दिनों उसे इतना पनीला देख लगता है
तुम यही जानना चाहते हो न मुझसे
यह कहते हुए बताना शुरू कर दूँ सब
मगर आँखों की किनोर पर बैठा मेरा खारापन भी
उसके पूछने पर ही भिगोते हुये उसे वह सब
जो वह जानना चाहता है बताना चाहता है।

2

मैं जानती हूँ वह मुझसे उस पुरुष के साथ
पहली बार के बारे में जानना चाहता है
हाँ उस पुरुष के साथ गुजरे उस पहली बार के बारे में
जिसे मेरा सब कुछ बताते हुए
उसके पीछे-पीछे भेज दिया मुझे विवश

वह मुझसे पूछना चाहता है, कैसा है वह
उसका स्वाद कैसा है, क्या उसके शरीर से
ठीक मेरे शरीर जैसी गन्ध आती है
वह गन्ध जिसे अपनी नाभि में छुपाए
कुलाँचें मारते फिरती हो तुम चपल
क्या तुमने चखकर देखा उसे क्या वह
मेरे ही जैसा खट्टा-मीठा एक साथ दोनों है

वह मुझसे जानना चाहता है क्या उसने
ठीक उसी तरह चूमा मुझे बेतहाशा,
बेकरार जैसे मैं चूमता हूँ तुम्हें
क्या उसकी भी आँखें अपने आगे पहली बार
मुझे देखकर ठीक उसी तरह फटी रह गई थीं
जैसे पहली बार तुम्हें देखकर ठगा सा रह गया था मैं

वह मुझसे जानना चाहता है क्या वह
मेरे बराबर या मुझसे अधिक उस समय
पसन्द आया उसे, क्या उस समय
उसने मुझे भुला दिया तुम्हारे जेहन से
क्या वह उस समय तुम्हारे आगे
मेरे बराबर आक्रामक और उदार है

क्या वह मेरी तरह ख़ुद को छोड़ देता है
तुम्हारे बीच निःसंकोच और ख़ुद के भीतर

सोख लेता है तुम्हें तरल
क्या वह मेरी तरह ख़ुद को भी तुम्हें पा लेने
की इच्छा लिये ले आया मेरे बराबर तुम्हारे क़रीब
क्या तुमने मेरी तरह उसे भी कर लिया है स्वीकार
जिस तरह अपनी तेज़ी के दम पर
दौड़ाती आई तुम मुझे क्या हक के बल पर
तुम्हें अपने आगे फैला लिया उसने भी

वह जानना चाहता है किस हद तक
मुझे विवश कर लिया उसने और क्या मैं
उस हक के आगे ठीक उसी तरह ढह गई
जैसे अब तक ढहती आई मैं उसके आगे
इस बीच जितने दिन मैं रही उसके पास
और तुमसे दूर भीतर से कितनी बदली मैं
कहीं मेरे भीतर ने स्वीकार तो नहीं कर लिया उसे

वह पूछना चाहता है क्या उसके जादू के लिये
उतनी ही जगह बची है अब भी उसके भीतर
या जिसे वह जादू कहती आई अब तक
वह कोई जादू नहीं वह तो स्त्री के लिये
स्त्री के सामने एक पुरुष का होना है बस
कहीं उसके लिये अब मैं बस पुरुष तो नहीं बचा
मैं उसके भीतर उतना ही बचा हूँ ना
या उसका कुछ हिस्सा मेरे भीतर से खदेड़ दिया उसने

3

वह मुझसे पूछना चाहता है पहली मुलाकात में
उसने मुझे क्या निशानी दी
क्या लाकर दिया उसने मुझे नए अन्त वस्त्र
यदि हाँ तो ये वही तो नही
जो तुम पहन रही इन दिनों
कोई जेवर पीला सा या कोई किताब
या कोई महत्त्वपूर्ण बात कहीं उसने मुझसे
या कोई विश्वास रोपा उसने मेरे भीतर हमेशा के लिए

क्या उसने कहा मैं तुम्हारा हमेशा ख़याल रखूँगा
कभी कोई तकलीफ़ नहीं होने दूँगा तुम्हें
आज से तुम्हारे दुख-सुख तुम्हारी ज़िन्दगी मेरी है
मगर ये बातें तो सभी करते हैं
वह जानना चाहता है उसने कहीं हो
कोई बात जो अलग से हटकर या फिर याद जैसा

उसने कोई नाम दिया मुझे नया
और दिया तो क्या है वह क्या वह नाम
उसके मुझे अब तक दिये
वीनस, क्लियोपेट्रा, सोन मछरिया
गुइयाँ सखी जादू इन नामों में से कोई एक है
और क्या मैंने वह स्वीकार कर लिया
और क्या अब वह मुझसे अपना दिया नाम
लेकर बात करता है फिर क्या मैंने उससे कहा
नहीं नहीं मैं चाहती हूँ आप मेरे इस नाम को ही
मेरे नाम के आगे रहने दें

मेरे भीतर तो ऐसा कुछ भी नहीं
सच बताओ क्या मैं तुम्हें पसन्द हूँ
तब मैंने उसे क्या जवाब दिया वह जानना चाहता है
तब क्या मैं उससे कह पाई
नहीं यार तुम मुझे कतई पसन्द नहीं,
मगर, बस इसी आधार पर तो एक पुरुष को
नहीं किया जा सकता खारिज
और फिर तुम तो एक पुरुष के साथ-साथ
मेरे पति भी हो और फिर पुरुष कैसा भी हो
एक स्त्री के लिए उसके पति की शक़्ल में
उसकी पसन्द का पुरुष नहीं पुरुष होना होता है बस

झुकी आँखों का सहारा लेते हुये नहीं
उसकी आँखों में आँखें डालकर
क्या मैं बता पाई उसे कि मेरी बस
इतनी दिलचस्पी है तुममें कि तुम भी एक मनुष्य हो
मैं नहीं जानती वक़्त का कौन सा हिस्सा मुझे यहाँ
तुम्हारे पीछे-पीछे ले आया, पता नहीं इस जीवन में
मैं कभी तुम्हें नज़र भरकर देख भी पाऊँगी

एक स्त्री के तौर पर मैं तुम्हें कभी अपना भी पाऊँगी,
मैं नहीं जानती मैं तो बस इतना जानती हूँ
एक पुरुष के साथ अपने हिस्से का जीवन जी चुकी मैं,
अपने ब्याह से पहले जो मैं कहती रही उससे ब्याह के बाद
ठीक-ठीक वही क्या मैं कह पाई उससे जानना चाहता है वह।

4

वह जानना चाहता है क्या उसने अपने बारे में
कुछ बताया अपने किसी प्रेम प्रसंग के बारे में

यह कहते हुए यार हमें तो जो करना धरना था
सब कर चुके हम तो अब तुम बताओ कहकर
क्या उसने मुझसे भी पूछा मेरे पहले प्रेम के बारे में
पूछने से पहले क्या उसने कहा मुझसे यह भी
मुझसे पहले तुम्हारा कुछ भी रहा हो
मुझे उससे कोई मतलब नहीं है बस, मगर
आज से तो तुम मेरी हो, बस मेरी

और क्या मैंने उसे तब सब कुछ बता दिया
बता दिया कि तुमने भले ही जो करना धरना था
कर लिया हो मगर मैंने तो जो किया वो
मेरे भीतर अब भी धरा है सँभालकर
हाँ कि एक पुरुष और उसका प्रेम
मेरे भीतर स्थायी भाव की तरह है
और वह पुरुष तुम कभी नहीं हो सकते
पति हो सकते हो मगर वह नहीं हो सकते
जिसे किताबों की अलमारियों, टेबिलों पर
अपना सिर पटकता ख़ुद के ही हाथों
ख़ुद को बुरी तरह पीटता मेरी तस्वीरों को उलटता पलटता
किसी झरने की तरह उन्हें भिगोता मैं छोड़ आई हूँ

वह पूछना चाहता है उसके और मेरे रिश्ते के
बल्वों की बनी झालरों की मद्धिम जलती बुझती रोशनी में
मेरी उदासी को देखकर क्या वह चुप रहा कुछ देर
क्या वह खोलने के बाद खँगालते हुए मुझे
मुझसे बोला क्या यार तुम तो भीतर से
ख़ाली हो एकदम मेरे लिये कहीं कुछ है ही नहीं
तुम्हारे भीतर क्या बात है कि मेरे साथ भी

तुम्हारे भीतर का हर कोना अँधेरे में डूबा है कितना
जबकि तुम्हारी वजह से मेरी दुनिया उजली हो गई इतनी

या फिर मुझमें खोया देख उसे मैंने उसकी बेताबी से ही
जान लिया कि अँधेरे से उसकी कोई पहचान ही नहीं है
किसी स्त्री के भीतर के अँधेरे में रहकर
उसने देखा ही नहीं कभी तब वह कैसे समझ सकता था
मेरे भीतर की दुनिया कितनी स्याह है
वह कैसे समझ सकता था किसी स्त्री का रंग
इतना उदास नहीं होता जैसा कि उसके आगे
हर वक़्त रहा मेरा, क्या वह थाली के पानी में मुझे
चाँद जैसा पाकर बहुत ख़ुश है वह मुझसे पूछना चाहता हूँ

तब क्या मैंने उससे कह दिया मेरे भीतर हमेशा
अँधेरा ही रहेगा दोस्त तुम्हें मेरे भीतर रहने के लिए
अँधेरे में चलने की आदत डालनी पड़ेगी
हरदम करना होगा इसका गाढ़ापन बर्दाश्त
और ऐसा भी हो सकता है कि मेरे भीतर के
बढ़ते हुए अँधेरे में बहुत जल्दी ही
उसकी मुझसे भी मुलाकात हो जाये।

बात

उस बात के ऊपर सूरज टँगा है
दहकता हुआ सुर्ख लाल सूरज
दिन ढलते जिसे वह ऊपर से उतार लेती है

अपने सिरे पर उसे लालटेन सा टाँगे
अँधेरे भर चलती है, आँच धीमी पड़ती है
तो उसकी ढिबरी घुमाकर लौ बढ़ा लेती है
रात गहरी और बड़ी होती है न

उसे लोगों के बीच बरोसी सा
सुलगता रख देती है
कोई उस पर अपने हाथ तापता है
कोई अपने चेहरे पर उसकी तपिश
करता है महसूस, कोई देर तक उसमें
गड़ाये रहता है अपनी आँखें और
झकझोरने पर देता है हूँका

उसे घेरकर बैठे सब बातें करते हैं
कोई उसे कलम बताता है
कोई उस पर टँगे सूरज को झंडा लाल।

आस्था

अँगूठे और बीच की उँगली से बजती हुई
चुटकी मुझसे पूछती है बताओ
तुम्हारी आस्था किसमें है मैं कहता हूँ ख़ुद में

चुटकी बजाना बन्द कर अँगूठे के सहारे
बन्दूक की तरह मुझ पर तनते हुए उँगली कहती है
कैसे आदमी हो तुम तुम्हारी आस्था
राष्ट्र में नहीं है, संस्कृति में नहीं है
धर्म में भी नहीं है, अच्छा, फिर
ऐसे तुम क्या हो जो तुम्हारी आस्था
इन सबमें न होकर ख़ुद में है

कलाई के सहारे उँगलियाँ
सबके आगे घूमते हुए कहती हैं
बताओ साला कैसा चूतिया आदमी है
कहता है मेरी आस्था ख़ुद में है।

सीवर लाइन

एक आदमी सीवर लाइन में
काम करने उतरता है
और वापस नहीं लौटता है
उसके पीछे दूसरा आदमी उतरता है
वह भी वापस नहीं लौटता
तीसरा उतरता है
तीसरा भी वापस नहीं लौटता

हमारा रुका हुआ गू बहाने
गू में उतरे कितने ही आदमी
गू में फँसकर रह जाते हैं
हमारे गू में लिथड़ी
उनकी लाशें बाहर निकलती हैं
जो वापस लौट आते हैं
उन्हें देखकर अचम्भा होता है

हमारे पेट में रहते-रहते गू भी
हमारे जैसा हो गया है
वहाँ भी उनकी देह से लिपटकर
उन्हें जीते जी मार देने का
वह कोई अवसर नहीं छोड़ता

गू तसले से रिसकर देह पर
टपकते हुए चलने और
सिर पर सवार रहने का
सामन्ती संस्कार भूलता नहीं।

प्रधानमन्त्री के कमांडो : तीन कविताएँ

1

इस क़दर बेमतलब रहना सिखाया जाता है उन्हें
कि प्रधानमन्त्री को हमेशा घेरे में लिये रहते
उन्हें इस बात से कोई मतलब नहीं होता
प्रधानमन्त्री जनता से क्या कह रहे हैं
जिस वक़्त प्रधानमन्त्री बोले जा रहे होते हैं
कमांडो अपनी बिल्लौट निगाहों से लगातार
देख रहे होते हैं इधर-उधर

पेट से बाहर आने को व्यग्र वायु और
मुँह से बाहर छलाँग मारने को बेताब हँसी
रोक पाना कितना कठिन होता है
यह कोई पदोड़ और हँसोड़ से पूछे
प्रधानमन्त्री के सुनाए जिस चुटकुले पर जनता
मुँह फाड़कर हँस रही होती है
उसे सुनकर कमांडो के चेहरे पर हँसी तो क्या
मुस्कान की हल्की सी लकीर भी नहीं उभरती

प्रधानमन्त्री के पढ़े किसी शेर पर जब सब
दे रहे होते हैं दाद उनके होंठ कसे हुए होते हैं
प्रधानमन्त्री की किसी घोषणा पर तालियों की

गड़गड़ाहट में शामिल होने
उनके हाथों की उँगलियाँ हिलती तक नहीं
वे हमें इतने निरपेक्ष दिखाई देते हैं कि हमें लगता है
वे कभी प्रधानमन्त्री के आगे अपने भतीजे की
नौकरी की दरख़ास्त तक रखने की नहीं सोचते होंगे

हम अपने प्रधानमन्त्री को हमेशा उन्हीं से घिरे रहकर
अपने पर लगते भ्रष्टाचार के आरोपों का अपने पूरे
विवेक से सामना करते, संसद में अपनी सरकार
बचाने, ज़रूरी बहुमत जुटाने के लिए सांसदों की
खरीद फरोख़्त करते तथा खरीद फरोख़्त करते हुए भी
उसमें शामिल न दिखते और विपक्ष की आपत्तियों पर
ध्यान न देते हुए भी ध्यान देते हुए देखते हैं

जनता को अपनी पार्टी को वोट देने की
बार-बार याद दिलाते और जनता से किये
अपने अपने वायदे से संसद में मुकर जाते
हमारे प्रधानमन्त्री की जान कमांडों के रहते
सुरक्षित है एकदम, कि प्रधानमन्त्री को हरदम
घेरे रहते वे कितने चुस्त-दुरस्त
सजग, चौकस और आश्चर्यजनक फुर्तीले हैं

कमांडो से घिरे हमारे प्रधानमन्त्री हमें देखकर
मुस्कराते हुए दूर से हाथ हिलाते हैं, हम भी
उन्हें अपनी तरफ़ हाथ हिलाते देख उनकी तरफ़
जोर-जोर से हिलाते हैं अपने हाथ, मगर जैसे
अपने प्रधानमन्त्री से हम हाथ मिलाने की कोशिश करते हैं
कमांडो हम पर पिस्टल तान लेते हैं

हरदम प्रधानमन्त्री को घेरे रहने वाले और
ज़रा सी बात पर हम पर गोली दाग देने के लिए तैयार
कमांडो से हमें डर लगता है, क्या हरदम
कमांडो से घिरे रहने वाले और हमारी तरह ही निहत्थे
प्रधानमन्त्री को कभी उनसे डर नहीं लगता

क्या उन्हें कभी ऐसा नहीं लगता
जैसे उन्हें कमांडो ने नहीं
चारों तरफ़ से 'कन्धों' ने घेर रखा हो।

2

हम दूरदराज़ बैठे कमांडो से घिरे अपने प्रधानमन्त्री को
भारी भरकम प्रतिनिधि मंडल के साथ
विदेश यात्रा पर जाते देखते हैं
प्रतिनिधि मंडल में वही लोग शामिल होते हैं
जो प्रधानमन्त्री से हाथ मिलाने में हो चुके होते हैं कामयाब
हम अपने ख़ाली हाथ अपनी जेबों में घुसेड़े
कमांडो की तनी हुई पिस्टल को करते हुए याद
प्रधानमन्त्री को हवाई जहाज में चढ़ने से पहले
मन्त्री मंडल के साथियों से फूल ग्रहण करते देखते हैं

प्रधानमन्त्री एक-एक कर सबसे मुस्कराते
किसी-किसी से थोड़ी बात करते,
फूल लेते जाते हुए हवाई जहाज पर चढ़ने के लिए
लगी सीढ़ी तक बढ़ते जाते हैं
प्रधानमन्त्री को मिलते जा रहे फूलों को
प्रधानमन्त्री के साथ-साथ आगे
बढ़ रहे कमांडो करते जाते हैं, ख़ुद के हवाले

विदेश यात्रा पर जाते प्रधानमन्त्री को फूल देने वालों में
मन्त्री मंडल में शामिल वह बुज़ुर्ग मन्त्री भी होता है
जो प्रधानमन्त्री को प्रधानमन्त्री मानता ही नहीं
जो सरकार में नम्बर दो या
अगला प्रधानमन्त्री माना जाता है जो ठीक
प्रधानमन्त्री के बगल वाले घर में रहता है
और रोज़ सुबह सोकर उठते ही
प्रधानमन्त्री के घर में पत्थर फेंकता है
और प्रधानमन्त्री के वे कमांडो भी उससे
कुछ नहीं कह पाते जो प्रधानमन्त्री से हाथ मिलाने की
कोशिश करने पर हमारी तरफ़ पिस्टल तान लेते हैं

प्रधानमन्त्री न चाहते हुए भी उससे हँसकर
फूल ग्रहण करते हैं, वह न चाहते हुए भी
प्रधानमन्त्री को फूल भेंट करता है
प्रधानमन्त्री अपने प्रति उसकी आँखों में
तिरस्कार और उसके होंठों पर
कुटिल मुस्कान साफ़ देखते हुए भी
उससे नहीं कह पाते कि जाइये नहीं लेने
मुझे आपसे फूल और सुनिये आगे से आप कभी
इस मौके पर आना भी नहीं मुझे छोड़ने
कमांडो इनका चेहरा नहीं दिखना चाहिये मुझे
आज के बाद, तुम्हें पता नहीं ये महाशय
मुझे हटाकर ख़ुद प्रधानमन्त्री बनना चाहते हैं

प्रधानमन्त्री के कमांडो, प्रधानमन्त्री और उसे फूल लेते-देते
देखकर बने रहते हैं सपाट, उसे लेकर
प्रधानमन्त्री की इच्छा को नहीं बनने देते वे अपनी इच्छा
मगर इस बात को याद कर

पेशाब घर में पेशाब करते हुए वे मुस्कराते ज़रूर हैं
किसी-किसी कमांडो की मुस्कराहट
तो नहीं रहती मुस्कराहट तक सीमित
वह आगे बढ़कर हँसी तक पहुँच जाती है
तब यह होता है उसकी हँसी की
थरथराहट पर, ज़मीन पे गिरती
उसकी पेशाब भी नाचने लगती है।

3

दूरदराज़ बैठे हम सोचते हैं हमारे प्रधानमन्त्री
उन कमांडो से जिनसे वे हमेशा घिरे रहते हैं
ठीक उसी तरह कभी हँसी-मज़ाक करते हैं
जैसे वे पत्रकारों से करते हैं
कभी हमने उन्हें किसी कमांडो से बात
करते देखा तो नहीं, चलो प्रधानमन्त्री की छोड़ो
क्या कभी प्रधानमन्त्री को ख़ाली पाकर
उन्हें चारों तरफ़ से घेरकर चलते कमांडो ही उनसे
किसी बात पर बात करने की करते हैं कोशिश

क्या प्रधानमन्त्री किसी कमांडो के बीमार पड़ जाने पर
साथी कमांडो से उसका हाल पूछते हैं
उसके लौटने पर उससे कहते हैं
क्यों क्या हो गया था तुम्हें अब तो ठीक हो न,
क्या हम जैसे दफ़्तर के बाबुओं के यहाँ
जैसे हमारे साहब चले आते हैं क्या प्रधानमन्त्री भी
किसी कमांडो की बेटी की शादी में
लिफाफा लेकर पहुँच जाते हैं
क्या कोई कमांडो भी इस तरह की इच्छा रखता है

कभी प्रधानमन्त्री अपने काफ़िले को रोककर पूछें
अरे तुम्हारा घर तो इसी सड़क पर है न
चलो आज तुम्हारे घर चलकर चाय पीते हैं

प्रधानमन्त्री क्या उन सभी कमांडो में से कुछ के
आगे हमेशा झेंपे रहते हैं या उन्हें
इस बात से कोई फ़र्क़ नहीं पड़ता कि वे
उनके बारे में यह जानते हैं कि
कि वे लँगोट के कितने कच्चे हैं

और तो और वे कमांडो प्रधानमन्त्री के इर्द-गिर्द
कहाँ-कहाँ घेरा बनाए रहते हैं
क्या उस जगह के बाहर दरवाज़े पर भी
जिसमें हमारे बुज़ुर्ग प्रधानमन्त्री के पायज़ामे की गाँठ
अकसर देर तक खुलती नहीं है तब क्या
प्रधानमन्त्री उसे खोलने उन्हीं में से
किसी एक को आवाज़ देकर बुलाते हैं

कमाल है कि अपने प्रधानमन्त्री को तो हमने
अकसर ऊँघते, सोते, उबासी लेते देखा है
मगर प्रधानमन्त्री को घेरे रहते कमांडो को हमने आज तक
छींकते, खुजाते, नाक में उँगली डालते
या अपने साथी को आँख मारते नहीं देखा

हम सोचते हैं हमारे प्रधानमन्त्री कभी अपने कमांडो से
हमारे बारे में भी बात करते होंगे
क्या वे कभी हमारे भी बारे में सोचते हुए
उनसे कहते होंगे जहाँ तक

जनता पर तुम्हारे बन्दूक तान लेने की बात है
वो तो ठीक है मगर मेरा तुमसे कहना है
कभी उन पर गोली मत चला देना

या यह कहना चाहते हुए भी
न कह पाने की विवशता में
मन ही मन बुदबुदाते होंगे
कमांडो जनता के बीच तुम्हारी पिस्टलें
गोलियों से भरी तो रहती हैं न।

❑❑❑